Tor Fretheim

Der Meermann, der Kaufmann und Dr. Freud

Tor Fretheim

Der Meermann, der Kaufmann und Dr. Freud

Ins Deutsche übertragen von Senta Kapoun

KERLE
Freiburg · Wien · Basel

Die Schreibweise entspricht der neuen Rechtschreibung

Gedruckt auf umweltfreundlichem,
chlorfrei gebleichtem Papier

Einbandillustration: Karen Holländer
Titel der norwegischen Originalausgabe:
Havmannen, Kjøpmannen og Dr. Freud

Satz: Barbara Herrmann, Freiburg
Druck und Bindung: Freiburger Graphische Betriebe 1998
ISBN: 3-451-70235-5

Inhalt

Drei Tage im September

1957

König Haakon der Große von Norwegen ist tot

»Als erstes Zeichen dafür, daß der Monarch des Landes nach 52 Jahren aus seinem Amt als König geschieden ist, wehte das mit schwarzem Trauerflor versehene Banner vom Balkon des Königlichen Schlosses in Oslo.

Schon während der Nacht hatten vor dem Schloss Menschen auf diese für Land und Volk leidvolle Botschaft gewartet. In den Morgenstunden wurden an allen öffentlichen Gebäuden die Fahnen aufgezogen. Auf dem Weg zur Arbeit standen die Bewohner Oslos den Schlagzeilen mit der Todesnachricht gegenüber.

Durch Zeitungen und Rundfunk war das norwegische Volk laufend vom Befinden des Königs in Kenntnis gesetzt worden. Die Bulletins erschienen in immer dichterer Folge und gaben unverkennbar Kunde davon, dass das Ende nahe war. Am heutigen Samstag, dem 21. September 1957, fünf Minuten nach halb fünf morgens hörte das Herz des Königs zu schlagen auf. Der Erste Mann des Landes war, 85 Jahre alt, verstorben.

Haakon der Volksnahe war er genannt worden, geliebt und geachtet in allen Bevölkerungsschichten.

In den Vormittagsstunden kamen die Kondolenzbesucher ins Schloss, wo schon um sechs Uhr früh der Staatsrat zusammentrat. König Olav V., Norwegens neuer König, hatte den Eid auf die verfassung bereits abgelegt und dem Staatsrat die Meldung vom Tod des Königs überbracht.

Im Lauf des Tages wurde König Haakons mit Feierlichkeiten, dem Glockengeläut der Kirchen und dem Salut von der Festung Akershus ehrend gedacht.«

Den norske filmavisen, September 1957
Norwegisches Filmjournal

Samstag

»Ist das alles?«, fragte die Mutter.
»Das ist alles«, sagte Emil.

»Mehr steht nicht drin?«, fragte sie.

»Mehr steht nicht drin. In der ganzen übrigen Zeitung steht nichts, als dass der König tot ist«, sagte Emil.

Er hatte ihr die kleine Notiz mehrere Male vorgelesen. Von Mal zu Mal lauter und deutlicher.

»Kein Foto?«

»Nein, kein Foto.«

Es gab nur Fotos vom König in der Zeitung. Dem verstorbenen König und dem neuen König. Aber kein Foto neben der kleinen Notiz. Es gab eigentlich nicht einmal eine Überschrift. Als wäre sie nicht so wichtig. Und vielleicht war es auch besser so.

»Kein Name?«

»Nein, kein Name.«

Es stand nur etwas von einem etwa 40 Jahre alten Mann aus Oslo dort. Es konnte jeder Beliebige sein.

»Dann kann man auch nicht herauskriegen, wer es ist«, sagte die Mutter.

»Nein«, sagte Emil. »Es steht nur, dass er vermutlich einen grauen Anorak und eine blaue Knickerbockerhose anhatte.«

»Als wollte er wandern gehen«, sagte die Mutter. »In den tiefen Wald hinein.«

»Es steht da, dass er ungefähr 175 cm groß ist«, sagte Emil. »Dass er verheiratet ist und einen Sohn hat.«

Sohn, dachte Emil.

Er sagte das Wort mehrere Male vor sich hin.

Dieser Sohn, das bin ich, dachte er.

»Woran denkst du, Emil?«

»Nichts«, antwortete er.

»Steht wirklich da, dass er am letzten Samstag nicht bei seiner Familie angekommen ist?«

Emil zeigte auf den Satz und sagte:

»Du kannst es selber lesen!«

Aber sie wollte es nicht lesen. Wieder fragte sie:

»Steht da wirklich, dass er letzten Samstag nicht zu Hause angekommen ist? Steht da wirklich, dass es erst am Montag bei der Polizei gemeldet wurde?«

»Ja.«

»Wir wussten nicht einmal, dass er letzten Samstag nach Hause kommen wollte. Wie konnten wir dann eine Anzeige machen? Das ist ja genau so, als wollten sie mir die Schuld geben.«

Emil sah seine Mutter an.

»Schuld?«, fragte er.

»Dass er mir das antun kann!«

Ihre Stimme klang zornig und zugleich enttäuscht.

»Und dir auch, Emil!«

Für einen Augenblick schauten sie einander in die Augen.

»Steht da wirklich, dass Leute, die ihn gesehen haben, sich bei der Osloer Polizei melden sollen?«, fragte sie.

»Oder beim nächsten Gemeindeamt«, sagte Emil.

Die Mutter seufzte:

»Wenn ich nur wüsste, wo er ist, Emil! Wenn ich nur ordentlich mit ihm reden könnte! Dann, Emil … dann …

Ich würde dafür sorgen, dass wir wieder neu anfangen könnten.«

»Stell dir vor, das wäre möglich«, sagte er. »Wieder neu anfangen.«

Sonntag

Als Emil am nächsten Morgen aufstand, saß seine Mutter am selben Tisch auf demselben Stuhl in denselben Kleidern da.

Sie nickte ihm nur ein knappes guten Morgen zu, als wolle sie sagen:

»Ich will nicht gestört werden.«

Er fragte nicht, ob sie gut geschlafen habe, ob sie überhaupt geschlafen habe, ob sie die ganze Nacht aufgeblieben sei.

Die Zeitung lag immer noch auf dem Tisch, genau so, wie er sie am Tag zuvor aus der Hand gelegt hatte.

Es war nutzlos zu fragen, ob sie gut geschlafen hatte. In der Regel antwortete sie, dass sie kein Auge zugemacht hätte, dass sie überhaupt nie schlafen könnte und dass sie Emil um seinen guten Schlaf beneide.

Sie log.

Emil hörte es jede Nacht. Dass sie schnarchte. Er hörte es deutlich durch die Tür und er musste sich das Kissen über den Kopf ziehen.

Sie konnte nicht wie andere Mütter sein. Mütter schnarchen nicht. Mütter schlafen geräuschlos.

Er öffnete den Kühlschrank, nahm eine Flasche Milch heraus.

Ohne ihn anzusehen, machte die Mutter eine Handbewegung.

Das bedeutete:

»Schmier dir selber ein Brot!«

Er hörte sie seufzen.

Sie seufzte dauernd, fand er, und er ärgerte sich oft darüber. Aber jetzt nicht. Es war doch ein Zeichen dafür, dass Leben in ihr war, obwohl sie schwieg.

Er sah sie an, dachte:

Aber was für eine Art Leben ist es?

Mütter leben ihr eigenes Leben.
Und Söhne haben genug mit ihrem eigenen Leben zu tun.
Ein neues Zeichen von ihr, das bedeutete:
»Du kannst gern gehen, wenn du willst.«
Oder es konnte bedeuten:
»Geh du nur und lass mich allein zurück!«
Als wäre es verkehrt, wenn er blieb, und genauso verkehrt, wenn er ging.

Emil ging fort aus der sonntagsstillen Leirfallsgata, in der er wohnte und wo er sein Leben lang gewohnt hatte. Es gab in seinem Leben keine andere Straße. Dass es eine andere Straße an einem anderen Ort geben könnte, wo er auch hinpassen würde, das war ein schwieriger Gedanke.

Er war in dieser Straße geboren. In einer Wohnung. In einer Küche. Im Aufgang M.

Der Krieg, dachte er. Das war während *des Krieges* …

Er legte Wert auf das Wort *Krieg* genau wie die Erwachsenen es taten, damit sich alles noch ernster anhörte.

Jetzt gab es diese Wohnung nicht mehr.
Der ganze Aufgang M war verschwunden.
Abgebrannt und abgerissen.
Ein neuer Aufgang mit einer neuen Nummer füllte das Loch. Niemand konnte mehr sehen, dass da einmal ein anderer Aufgang gewesen war. Es gibt sogar Leute, die sagen, den Aufgang M habe es nie gegeben.

Das ist genauso, als würde jemand sagen, mich gibt es auch nicht, dachte Emil.

Als Emil am späten Nachmittag heimkam, saß seine Mutter immer noch am Küchentisch. Als hätte sie sich den ganzen Tag nicht von der Stelle gerührt.

Er sah ihre Augen. Sie waren rot.
Er sah ihren Mund. Sie biss sich auf die Lippen.
»Du warst lange weg«, sagte sie.
Emil setzte sich neben sie, legte seine Hände auf den Tisch. Seine Hände reichten fast bis hin zu ihren.

Er hörte ihren schweren Atem.

»Und ich habe solche Angst gekriegt«, sagte sie.

Sie legte ihre Hände auf seine. Er zog sie nicht weg. Ihre Finger waren ganz kalt, er hätte sie wärmen sollen.

Montagvormittag

Am nächsten Tag wurde ein Brief durch den Türschlitz der Wohnung in der Leirfallsgata gesteckt. Ein Brief von einer Bank. Es war Emil, der ihn entdeckte.

HERRN EMIL ALM stand maschinengeschrieben in Großbuchstaben darauf.

Er hielt das Kuvert in der Hand, strich mit den Fingern darüber und fühlte, dass es ein dünner Brief war, nur ein einziger Bogen. Er hielt ihn gegen das Licht der Glühbirne, um zu sehen, ob die Worte vielleicht durch den Umschlag zu lesen waren. Er nahm ihn mit in sein Zimmer, als wäre es ein gestohlener oder verbotener Brief.

Was wollte eine Bank von ihm?

Und was sollte er mit einer Bank?

Er war noch nie in einer Bank gewesen. Eine Bank war für Leute mit Geld da. Die nicht wussten, was sie mit ihrem Geld anfangen sollten. Solche Probleme hatte er nie gehabt. Auch seine Mutter nicht. Sie jammerte immer darüber, dass das Geld nicht reichte. Der Vater hatte auch nie zu viel Geld gehabt. Er hatte nie Arbeit gehabt, ausgenommen damals, als er in einer Druckerei gearbeitet hatte. Nur kurze Zeit, musste dann aufhören.

Musste aufhören?

Wurde rausgeschmissen, hieß das.

Wegen seiner Nerven, sagten die Leute.

Nein, wegen seiner Verrücktheit.

Danach war er immer nur zu Hause gewesen.

Bis er ins Krankenhaus eingeliefert wurde.

Irrenhaus, sagten die Leute.

Emil fühlte, dass er einen roten Kopf kriegte und feuchtkalte Hände, und dass er unter den Armen schwitzte wie so oft, wenn er an seinen Vater dachte.

Er öffnete den Brief, wurde aber dadurch nicht klüger.

Es stand nur darin, dass er, lieber HERR EMIL ALM, gebeten werde, zu einem beliebigen Zeitpunkt zwecks eingehenderen Gesprächs in den Räumen der Bank vorzusprechen.

Was für eine Art von Gespräch es sein würde, darüber stand kein Wort in dem Brief.

Montagnachmittag

Als Emil ein Stuhl angeboten wurde, begriff er, dass es sich hier wirklich um etwas Ernstes handelte. Es waren viele Menschen dort, sie standen vor den Schaltern Schlange und warteten, bis sie drankamen, und es klirrten die Münzen und knisterten die Scheine. Obwohl es warm war, zog Emil die Jacke nicht aus. Er öffnete nicht einmal den Reißverschluß. Ihm war wichtiger, dass die Jacke bis zum Hals geschlossen war, so hoch, dass fast schon das Atmen schwer fiel. Die Hände hatte er tief in den Hosentaschen vergraben. Dann wäre etwas weniger von ihm zu sehen, dachte er.

»Das ist also der junge Emil Alm«, sagte ein Bankangestellter, als er sich an der anderen Seite des Tisches auf einen Stuhl setzte. »Entschuldige bitte, dass du warten musstest«, sagte er. »Es hat ein bisschen gedauert, bis wir alle erforderlichen Papiere zusammengesucht hatten.«

Erforderliche Papiere?

Emil verstand nicht.

»Aber hier haben wir jetzt alles, was wir brauchen«, fuhr der Mann fort und zeigte auf das, was er auf den Tisch gelegt hatte.

»Was ist das?«, fragte Emil, obwohl er genau sah, was es war.

»Nun, das ist das Sparbuch«, sagte der Mann und lächelte breit. »Eigentlich hatte ich dich schon früher erwartet.«

Emil begann zu glauben, dass der Mann ihn aufziehen wollte. Oder dass er sich zumindest irrte. Dass er einen ganz anderen Emil Alm meinte. Dass dies nur ein dummes Missverständnis war.

Aber er sah das Sparbuch weiterhin an, bemerkte den blauen Umschlag mit dem Namen der Bank in Goldbuchstaben.

Der Mann blickte ihn ungeduldig an und Emil sah sich gezwungen, die erste Seite aufzuschlagen.

Doch, da stand sein Name. Sein Name war mit blauer Füllfedertinte auf weißes Papier geschrieben. Geschrieben in gefälliger Schönschrift. Und in gleicher Handschrift hatte der Schönschreibmeister auch die richtige Adresse und das richtige Geburtsdatum eingetragen.

Kein Irrtum möglich.

Der Mann nickte noch ungeduldiger und Emil war gezwungen, in dem Sparbuch weiterzublättern.

Seite um Seite war mit Zahlen gefüllt. Daten und Summen. Bei jeder einzelnen Zahl stand das Wort EINZAHLUNG. Er blätterte sich bis zur letzten Zahl durch.

NKr. 7.736.02.

Emil starrte alle diese norwegischen Kronen und die wenigen Öre an und hörte, dass der Mann Gold auf der Zunge hatte, als er sagte:

»Natürlich fehlen da noch die aufgelaufenen Zinsen des vergangenen Jahres. Die werden erst nach Neujahr gutgeschrieben, vorausgesetzt du willst das Konto nicht kündigen …?«

Emil blickte hoch, verstand, dass er etwas gefragt worden war.

»Weiß nicht«, stotterte er.

Der Bankangestellte merkte, dass eine Erklärung notwendig war:

»Das Konto war ja bis zu deinem 14. Geburtstag gesperrt. So lautete die Abmachung. Aber jetzt kannst du über das Geld verfügen. Oder du kannst dieses Kundenverhältnis aufrechterhalten oder, besser gesagt, das Kundenverhältnis erneuern. Ich könnte zum Beispiel vorschlagen, dass wir den Betrag auf ein Sperrkonto legen. Sagen wir für ein Jahr …? Bis du 15 Jahre alt bist. Die Zeit vergeht ja so schnell … Und das Geld ist schließlich für deine Ausbildung vorgesehen. Gewissermaßen als Startkapital für die Zukunft, Emil Alm … Nicht jeder hat so eine gute Ausgangssituation … Das ist es, was ich gern mit dir besprechen möchte … Und natürlich mit deinen Erziehungsberechtigten … Am liebsten mit deinem Vater.«

»Vater?«, rief Emil überrascht aus.

»Ja, mit deinem Vater, Erik Alm«, fuhr der Bankangestellte mit seiner ganz normalen Stimme fort. »Ein angenehmer Mann übrigens.«

»Vater?«, wiederholte Emil. »Wann war er …«

Er konnte gar nicht fertig fragen.

»Wenn wir schon davon sprechen, ich habe ihn lange nicht mehr gesehen«, sagte der Bankangestellte. »Es muss mehr als einen Monat her sein. Irgendwann im Sommer. Die Zeit vergeht ja so schnell. Erik Alm kam ganz regelmäßig.«

Emil fühlte, dass er rot geworden war, feuchtkalte Hände hatte und unter den Armen schwitzte. Er versuchte seinen Reißverschluss aufzumachen, aber der hatte sich im Stoff verhakt, und so wurde Emil noch mehr rot und feucht.

Ihm wurde ganz schwindlig von diesem Gerede, er ließ das Geld bis zu seinem 15. Geburtstag weiterwachsen und das Buch weiterhin in der Bank liegen.

Mutter?, dachte Emil.

Was wird sie jetzt denken?

Von Vater.

Sorgen, dachte er.

Erzähle ich ihr das alles, macht sie sich nur noch mehr Sorgen. Immer nur neue Sorgen.

Am besten warten, dachte er. Bis andere Sorgen aus der Welt sind.

Wir müssen die Zeit zu Hilfe nehmen, dachte er und merkte, wie sehr er seiner Mutter glich.

Der Meermann

Oktober

»Das Leichenbegängnis König Haakons VII. steht bevor. Die Bahre mit seinem Leichnam wird vom Königlichen Schloss, wo er auf dem *lit de parade* liegt, zur Domkirche, von dort zur Schlosskapelle und zum Königlichen Mausoleum auf der Festung Akershus geleitet.

Einem vom Volk geliebten König werden auf der Fahrt durch die Hauptstadt, dem Herzen des Landes, von seinem Volk die letzte Ehre erwiesen und der letzte Abschied gewährt; nach 52 Jahren nun zum letzten Mal. Wie oft haben wir ihn hier mit jubelnden Stimmen, mit Jubel im Herzen erwartet.

Die Kränze der nächsten Angehörigen und des Stabes der Admiralität folgen der Bahre, die verhüllt ist mit dem leuchtend roten Königsbanner. König Olav und Kronprinz Harald unmittelbar hinter dem Katafalk, gefolgt vom König von Schweden, dem König von Dänemark, dem König von Griechenland, dem König von Belgien, den Präsidenten von Finnland und Island.

Fürsten und Zivilpersonen aus über vierzig Nationen der Erde nehmen Anteil an der Landestrauer um König Haakon. Von Melbourne bis London, von Stockholm bis New York erklingen Gebete und Kirchenglocken für den Monarchen, der nicht mehr unter uns weilt.«

Den norske filmavisen, Oktober 1957
Norwegisches Filmjournal

»Emil«, sagte die Mutter.
»Ja?«, antwortete Emil.

»Hast du weiter darüber nachgedacht?«

»Über was?«

»Über Arbeit.«

»Ich habe nachgedacht.«

»Hast du was unternommen?«

Emil zuckte nur mit den Schultern.

Seine Antwort musste einstweilen genügen.

Die Mutter seufzte nicht, wie er es erwartet hatte. Aber es war unmissverständlich, was sie meinte, als sie fortfuhr:

»Du kannst dich ohne Schule und Arbeit nicht nur den ganzen Tag herumtreiben. Oder stundenlang ins Filmjournal starren.«

»Ich habe doch im August in der weiterführenden Schule angefangen«, verteidigte sich Emil. »Und du hast mich gebeten, in der ersten Zeit zu Hause zu bleiben nach Vaters …«

Die Mutter nickte.

Emil sah, dass sie ihren Teil der Schuld auf sich nahm und so konnte er fortfahren:

»Danach haben sie mir in der Schule gesagt, es wäre zu viel nachzuholen, stimmt's?«

Die Mutter zuckte die Schultern, sah sich betreten um. Bereute wohl schon, dass sie dieses Thema angeschnitten hatte.

Aber Emil sprach einfach weiter:

»Sie haben gesagt, ich bin gegenüber den anderen viel zu weit im Rückstand.«

Da seufzte die Mutter und Emil dachte, alles brauche er ihr nicht zu erzählen. Nicht, dass sie in der Schule gesagt hatten, wenn er wirklich eine beweiskräftige Erklärung hätte, dann vielleicht … Seine Mutter könne zu einer Aussprache kommen …

Wollten mehr über die Familienverhältnisse erfahren … Der Sache auf den Grund gehen …

Aber wie kann man erklären, dass der eigene Vater aus dem Irrenhaus verschwunden ist?

Es ist unmöglich, allen alles zu erklären.

Und er und die Mutter hatten ja beide geglaubt, der Vater werde eines Tages wiederkommen. Es war schließlich nicht das erste Mal, also …

Hatte seine Mutter nicht schon genug zu bewältigen?

Hatten die Lehrer, der Direktor das Recht, sie wegen des Mannes zu verhören, der …

Emil zog es daher vor, zu ihr zu sagen:

»Ich werde mir Arbeit suchen.«

Die Mutter schien ihm nicht recht zu glauben:

»Das hast du schon oft genug gesagt.«

Emil blieb dabei:

»Ich verspreche es!«

Fügte aber hinzu:

»Es ist nicht so leicht.«

Da sprach sie das aus, was er selbst fast nicht zu denken gewagt hatte:

»Nein, es ist nicht leicht, Emil. Nicht für einen Jungen wie dich. Ohne Ausbildung. Mit nichts als einer Mutter, die sich um dich kümmert. Da ist es sicher nicht leicht, eine passende Arbeit zu finden.«

Sie schaute ihn an, überlegte einen Augenblick, sagte:

»Und mit diesem Vater …«

Mehr sagte sie nicht.

Aber Emil hörte so etwas wie einen Vorwurf heraus.

An einem Spätnachmittag saß Emil auf einem der Küstenfelsen draußen auf Bygdö, einer Halbinsel, die sich von der übrigen Stadt wegkrümmt. Mit ihren Wäldern, großen Gärten und einigen vornehmen Alleen, von denen Oslo nicht allzu viele hat, bildet sie den eleganten Abschluss einer Stadt, die auf allzu viel Schönheit keinen Anspruch erheben kann. Hier draußen gibt es sogar ein königliches Landgut mit einem Lustschloss und Pfaden und Waldwegen, über die Könige und Prinzessinnen, Königinnen und Prinzen geschritten waren, wenn sie nichts zu tun gehabt hatten.

Bygdö ist einer der Plätze in Oslo, wo man wirklich den salzigen Geruch des Meeres wahrnehmen kann. Alle Schiffe, ob klein oder groß, die den Hafen von Oslo anlaufen oder von dort ablegen, müssen die Landspitze von Bygdö passieren. Und selbst wenn der Fjord mit seinen Einbuchtungen sich dahinschlängelt und man nicht weiter sehen kann als bis zu den Hügeln in Ost und West, steht es jedem frei, die Gedanken weiter hinaus aufs offene Meer schweifen zu lassen.

Im Sommer, wenn das Wetter warm genug ist, ist es hier draußen unmöglich, einen einsamen Platz zu finden. Auf Landzungen, Küstenfelsen und Sandstränden tummeln sich so viele Menschen, dass jeder, der ein bisschen spät dran ist, kaum sein Badetuch ausbreiten kann, ohne einen unbekannten Nebenmann zu behelligen.

Aber an einem Nachmittag im Oktober findet es kaum jemand der Mühe wert, sich an einen menschenleeren Badeplatz zu setzen, wo nichts anderes zu hören ist als schwappende Wellen, leicht wirbelnder Wind, sich biegende Bäume und das Rascheln des welken Laubes. Oder dann und wann das Bellen eines Hundes, der von seinem Besitzer spazieren geführt wird, und der dann ebenso zu hören ist, weil er dauernd seinen Hund rufen muss, der liebend gern in den dunklen Wäldern von Bygdö verschwinden möchte.

Aber manch einer sollte es machen wie Emil an diesem Nachmittag, nämlich dem Großstadtlärm den Rücken kehren, ihn eigentlich gar nicht mehr wahrnehmen, so, als befände die Stadt sich in einer anderen Welt. Er wollte lieber den Blick über Wellen und Strömung schweifen und die Gedanken in ihrem eigenen Meer treiben lassen.

Ist das der Anfang oder das Ende, dachte Emil.

Ist das der Anfang der Stadt oder ihr Ende?

Das kommt drauf an.

Kommt auf die Richtung an.

Für den, der vom Meer kommt und durch den Fjord heraufgefahren ist, beginnt die Stadt hier.

Für den, der den Fjord hinunterfährt, um ans Meer zu gelangen, ist dieses ihr Ende.

Eine so weite Reise habe ich noch nie gemacht, dachte Emil.

Und er wünschte sich, dass die *Oslofjord* oder die *Bergenfjord* jetzt im Abendlicht hier vorbeigleiten würden, als wären sie schwimmende Schlösser auf dem Weg nach Amerika oder von dort hierher zurück. Schiffe so groß, daß viele hundert oder gar tausend, mit Lebensmitteln so gut versorgte Menschen darin Platz hätten, dass sie sich mehrere Male am Tag an Festmahlzeiten gütlich tun könnten, bis sie auf der anderen Seite des Meeres ankämen.

Dass ein Schiff sich, obwohl aus tausenden bleischweren Kilo Eisen gemacht, schwimmend auf dem Wasser halten kann, ist unbegreiflich. Das gehört zu den Rätseln, auf die sich nur die Klügsten verstehen, und alle anderen müssen es einfach hinnehmen. Doch Emil fühlte vor Spannung im ganzen Körper ein Kribbeln, wenn er daran dachte, dass er eines Tages an diesem Rätsel teilhaben könnte und dann bei allen an Bord gebotenen Freuden dieser naturwidrigen, sich auf großer Fahrt befindlichen Paläste einfach zuzugreifen brauchte. Und dabei zu erleben, dass man tagelang, ja sogar wochenlang nichts anderes sah als Meer und Wasser und Himmel und Sonne und Sterne und Mond. Bis er auf der anderen Seite der Erde neues Land entdeckt hätte.

Doch vorläufig musste er sich mit der Freude begnügen, die das

Sitzen auf dem Uferfelsen weit drinnen im *Oslofjord* trotz allem bedeutete, und sich vom Glanz einer Sonne bescheinen zu lassen, die gerade damit begonnen hatte, sich hinter den Hügeln zu verstecken, und die trotzdem immer noch die Kraft besaß, Strahlen hinauf an den wolkenlosen, tiefblauen Himmel zu senden.

Er stand auf, ging ganz bis zum Rand des Wassers, musste Acht geben, dass die Wellen nicht über seine Schuhe hinweg spülten. Erfüllt von einem Gefühl der Leere oder einem Gefühl von Nichts schaute er über die See hin, so weit er sehen konnte, wünschte sich aber, dass er noch weiter hätte sehen können, ganz bis dorthin, wo das Meer den Himmel berührt und wo es nichts Wirkliches mehr gibt.

Er passte nicht auf und eine Welle, etwas größer als die meisten anderen, umspülte seine Füße und befeuchtete sogar den Hosenrand. Aber das Wasser war nicht so kalt, wie er geglaubt hatte. Die Luft war kühler, das Wasser fühlte sich fast lau an.

Da sagte er ein einziges Wort:

»Vater!«

Er sprach es aus, als sagte er es zum allerersten Mal laut. Genau so, als wäre es ein fremdes Wort oder ein neues Wort oder ein Wort, das er selbst einfach so erfunden hätte.

Er wiederholte es sogar:

»Vater!«

Es kann Einbildung gewesen sein.

Aber er hörte Musik. Er schaute sich um. Es war außer ihm niemand hier am Strand. Trotzdem erreichten Töne sein Ohr, drangen in ihn ein, rührten an seine Gefühle.

Es muss der Meermann sein, der mir etwas vorspielt, dachte Emil, wusste aber nicht genau, ob er es glauben wollte.

Der Meermann ist jedenfalls keiner, vor dem man sich ängstigen muss, das hatte er schon seit frühester Kindheit zu hören bekommen:

nur ein armes Wesen, das halb unter Wasser und
halb über Wasser lebt;
ein armes Wesen, von Gestalt halb Mensch und
halb Meerestier;
ein armes Wesen, das mit einer Hälfte seines Ichs

um Hilfe bittet und das mit der zweiten Hälfte
seines Ichs anderen helfen möchte;
ein armes Wesen, das keine Hände hat, das aber
trotzdem auf der Meerharfe spielt;
ein armes Wesen, das immer friert, das aber
trotzdem genügend Wärme für andere hat.

Nein, die Musik war keine Einbildung. Emil hörte sie deutlich, die Musik füllte seine innere Leere aus und die purpurrote, samtige Luft begann zu glitzern. Die Sterne schienen auf der Erde erwacht zu sein, um von hier in den Himmel zu steigen.

Nein, es waren keine Sterne.

Es war etwas Unbekanntes.

Es war etwas, das den Sternen nur ähnlich sah, obwohl es nicht viele davon gab. Aber sie schwebten durch die Luft, tanzten durch die Luft, während Emil noch immer die Musik des Meermannes hörte.

Es kann alles nur Denkbare gewesen sein, das glitzernd vor Emils Augen tanzte. Es können sogar Glühwürmchen gewesen sein, obgleich die meisten Leute sagen würden, solch leuchtende Käfer gebe es in einer Stadt so hoch im Norden nicht, einer Stadt tief drinnen im Fjord, und es gebe diese glitzernd tanzenden Käfer nur an fremden Orten weit im Süden.

Vielleicht haben sie Recht.

Aber auf Bygdö ist fast alles möglich.

Irgendwann in einer Zeit, und lange bevor die Erde hier draußen Königen und Prinzessinnen Lebensunterhalt bot, wohnten Priester und Mönche hier, die von weit hergekommen waren und Blumen und Pflanzen und Kräuter und viele andere Naturwunder mitgebracht hatten, von denen niemand es für möglich gehalten hätte, dass sie in so nördlichem Boden Wurzeln schlagen könnten. Aber obwohl fast niemand mehr irgendetwas von diesen Mönchen und Priestern weiß, vermehrten die Pflanzen sich entgegen aller Voraussagen der Menschen. Und da ist es wohl auch nicht unmöglich, daß Leuchtkäfer in einer Natur leben konnten, die für sie eigentlich zu rau sein musste.

Im Licht der Glühwürmchen und mit der Musik des Meermannes in den Ohren entdeckte Emil einen Kranz, der auf der Erde lag. Es war ein Blütenkranz. Er musste schon lange dort gelegen haben, denn die Blumen waren nicht mehr frisch. Aber sie waren auch nicht verwelkt. Es waren getrocknete, eher für einen Zeitraum in die Ewigkeit hinein geeignete Blumen.

Er hob den Kranz auf.

»Vater!«, sagte Emil plötzlich laut vor sich hin.

Und dachte:

Wir sind einander nie so nahe gewesen wie gerade jetzt.

Er sah den Blumenkranz an, zögerte einen kurzen Augenblick und warf ihn dann so weit er konnte in den Fjord hinaus.

Genau in diesem Augenblick verstummte die Musik des Meermannes.

Die Leuchtkäfer erloschen

Der purpurrote Samthimmel verwandelte sich in ein Gewand aus schwarzer Seide.

Wirkliche Sterne blinkten dort oben.

Aber der Mond war nicht zu sehen. der hatte sich wohl gerade an diesem Abend vom Scheinen auf Bygdö beurlaubt.

Emil kehrte dem Fjord den Rücken, wandte sich der Stadt zu, musste zurück in die eigene Straße, zu den Straßenlaternen und dem Schein der Lampen hinter den Gardinen seiner Wohnung.

Die *Melodie des Meermannes* summend kam Emil zurück in die Leirfallsgata, ging durch das Haustor und blieb im Hof stehen, um alle Fenster der Reihe nach anzuschauen. Die meisten waren erleuchtet, auch die Fenster bei ihm zu Hause. Also saß seine Mutter auf ihrem üblichen Platz in der Küche und wartete auf ihn. Obwohl sie nichts ausgemacht hatten, war sie sicher böse oder zumindest nervös oder verärgert, weil er so spät dran war. Er hörte auf, die Melodie zu summen, öffnete die Haustür leise und schloss sie noch leiser wieder zu.

Er wollte gerade den Schlüssel vorsichtig ins Schloss stecken, als er von drinnen Geräusche hörte. Er hörte, dass seine Mutter nicht allein war, er hörte Kaffeetassen klirren. Das Radio spielte lauter als sonst und es gab Musik. Er hörte Stimmen. Keine Worte. Er hörte Lachen. Es waren zwei Menschen, die laut zusammen lachten. Da war die Stimme der Mutter. Natürlich. Und die andere Stimme …? Emil erkannte sie sofort. Und auch dieses

Lachen. Es war eine heisere Stimme, die, seit er sie zuletzt gehört hatte, noch heiserer geworden war.

Drinnen bei seiner Mutter war Randi und sie lachte und in Emil kam plötzlich Freude darüber auf, dass er jetzt zu Hause war. Zu Besuch gekommen war Randi Kristiansen, die Nachbarin von weiter drüben in der Leirfallsgata. Nachbarin von dem Tag seiner Geburt an bis zur Brandkatastrophe, nach der alle in andere Wohnungen hatten ziehen müssen.

FRAU RANDI KRISTIANSEN hatte auf ihrem Türschild gestanden und sie hatte immer großen Wert auf das FRAU gelegt, obwohl sie schon vor Emils Geburt nicht mehr verheiratet gewesen war. Randi war die beste Freundin seiner Mutter gewesen, aber Randi war auch die Mutter von Laila, die einmal *seine* beste Freundin gewesen war.

Noch ehe Randi etwas sagte und ehe Emil ein Wort sprechen konnte, fasste sie nach ihm, nahm ihn um die Schultern, ließ die Hände flink über seinen Rücken gleiten, hielt ihn um die Taille – es war eine kräftige Umarmung, als wollte sie ihn in diesem Leben nie wieder loslassen – und drehte ihn dann fast im Walzertakt herum. Sie lachte ihn laut und heiser an und sagte:

»Was bist du für ein Mannsbild geworden, Emil!«

Und sie küsste ihn auf die Wange.

Und Emil sagte, was er eigentlich gar nicht zu ihr sagen wollte:

»Was bist du für ein Weibsbild geworden, Randi!«

Seine Mutter und Randi lachten über ihn, Randi noch lauter und heiserer, und dann gab sie ihm auch noch auf die andere Wange einen festen Kuss.

Emil wusste, dass er ein rotes Gesicht hatte, aber nicht etwa, weil er rot geworden war. Er war überzeugt, dass er überall von ihrem Lippenstift abbekommen hatte.

Es war nicht gerade ein Festessen, für das an diesem Abend in der Leirfallsgata aufgedeckt wurde: ein paar Scheiben Käse, ein paar Gläser Milch. Elise entschuldigte sich. Sie hatte keinen Besuch erwartet, also wenn sie gewusst hätte, dann … Aber Randi wollte keine Entschuldigungen hören. Sie war nicht gekommen, um ihre Freundin arm zu essen. Sie war gekommen, um die Menschen wiederzusehen, die sie in dieser Welt am höchsten einschätzte, wie sie sagte.

»Na, na …«, sagte Emils Mutter und wedelte abwehrend mit der Hand. »Du kennst doch so viele …«

Aber sie lachte, als sie es sagte.

Und es wurde Kaffee gekocht, auch wenn Emils Mutter Elise zunächst protestierte: »Jetzt wird heute Nacht wieder keiner von uns schlafen können.«

»Ich bin nicht hergekommen, damit wir schlafen«, antwortete Randi.

Und alle lachten und alle sagten nein.

Nachdem sie gegessen hatten, holte Elise einen Aschenbecher und stellte ihn vor Randi hin:

»Denn zu rauchen wirst du wohl nicht aufgehört haben?«

Randi fing laut zu lachen an:

»Aufgehört? Da kennst du mich schlecht! Nein, ich habe nicht vor, Selbstmord zu begehen.«

Aber dann schwieg sie ganz plötzlich. Merkte, dass gerade dieser Scherz kein Grund zum Lachen war.

»Du hast doch wohl nichts dagegen, dass ich rauche?«

»Ich mag Zigarettengeruch«, sagte Elise. »Ich verbinde ihn mit dem Gedanken, dass jemand sich wohl fühlt.«

»Dann müsste es hier nach Zigarre riechen«, sagte Randi. »Das ist der wahre Männergeruch. Das ist es, was uns fehlt.«

Auch jetzt begann sie zu lachen und diesmal hörte sie nicht so schnell auf.

Da sah Emil etwas, das er bisher nicht gesehen hatte:

Seine Mutter griff nach dem Päckchen, nahm sich, ohne zu fragen, eine Zigarette heraus und schaffte es, sie in Brand zu setzen. Zwischen zwei ungeübten Fingern hielt sie die Zigarette fest und spreizte die anderen weg. Als sie aber den Rauch einsog, hustete sie so sehr, dass Randi ihr den Rücken klopfen musste. Elise bekam Tränen in die Augen und musste die Zigarette so schnell ausdrücken, dass der Tabak im ganzen Aschenbecher zerkrümelte.

»Nein, nein«, keuchte sie und versuchte sogar zu lachen.

»Das Rauchen muss ich andern überlassen. Aber das Wohlbehagen wird mir keiner streitig machen.«

Das Zimmer war wie verändert, wenn Randi sich darin befand. Nicht nur das Zimmer. Die ganze Wohnung war anders. Es waren neue Gerüche hereingekommen. Die Luft schien heller und leichter geworden zu sein, obwohl der Zigarettenqualm die Lampenschirme einnebelte.

Wie verschieden zwei Frauen sein können, obwohl ich doch beide mein Leben lang gekannt habe, dachte Emil.

Randi hatte wieder eine andere Haarfarbe. Jetzt war sie ganz blond. Nicht nur das Haar, auch die Haut war hell. Früher war Randi immer sehr braun gewesen. Nicht, weil sie viel in der Sonne war und weite Spaziergänge machte. Oh nein. Randi hatte immer gesagt, sie sei wie ein Troll. Sie würde zerplatzen, wenn die Sonne sie direkt beschiene. Nein, Randi hatte sich immer mit einer Bräunungscreme eingeschmiert. Aber jetzt war sie absolut weiß, war so weiß und glatt, dass sie im Lampenlicht zu leuchten schien. Aber ihr Mund war immer noch knallrot, obwohl viel von dem Lippenstift an Emils Wangen hängen geblieben sein musste. Die Augenbrauen waren zwei nachgezogene, schmale, schwarze Bogen und unter dem einen Auge saß ein kleines Muttermal. Das war Emil bisher nie aufgefallen. Also war wohl auch das aufgemalt.

Randi hatte ein weißes Kleid an, aber die Schuhe waren ebenso rot wie ihr Mund, bevor sie Emil geküsst hatte. Sie hatte hauchdünne Nylonstrümpfe an, und als sie auf dem Sofa saß, konnte man bis dorthin sehen, wo die Strümpfe befestigt waren. Sie zog den Rock nicht über die Knie herunter, wie seine Mutter es sogar dann immer machte, wenn sie beide allein waren.

Die Mutter hatte weder braune noch helle Creme im Gesicht, nicht einmal etwas Rotes auf den Lippen. Die waren eher blass und Emil sah, dass sie rissig waren.

Sie hatte die Küchenschürze abgenommen, die sie zu Hause immer umgebunden hatte. Die Schürze hing jetzt hinter ihr auf der Stuhllehne und so konnte Elise sie jederzeit wieder umlegen, als wäre es eine Schwimmweste, die sie brauchte, wenn sie in die Küche ging.

Mutter trug einen Knoten hinten im Nacken. Die Haare waren so stramm zusammengedreht, dass es bestimmt ziepte, aber ihre Stirnfalten, von denen Emil wusste, wirkten dadurch geglättet.

Mutters Stirn war sehr hoch geworden und die Backenknochen traten spitzer als sonst hervor. Die Augen nahmen im Gesicht viel Platz ein und Emil sah die langen gespannten Sehnen auf beiden Seiten des Halses ganz deutlich. Sollten sie erschlaffen, würde ihr Kopf wohl auf die Schultern sinken.

Die Mutter legte die Hände um die Kaffeetasse. Wenn sie Randi gerade nicht anschaute, guckte sie wie eine Wahrsagerin in den Kaffeesatz. Aber es konnten nicht nur böse Weissagungen sein, die sie vor sich sah, denn sie lächelte die ganze Zeit nicht nur die Freundin auf dem Sofa an, sondern auch den Sud am Boden der Tasse.

Jedes Mal, wenn Randi eine Zigarette ausgedrückt hatte, ging Elise in die Küche und entleerte den Aschenbecher. Und jedes Mal, wenn sie verschwand, zwinkerte Randi Emil zu. Er empfand dieses Zwinkern als kleine freundliche Signale. Vielleicht sogar als übermütig. Sie wechselten in den kurzen Augenblicken, wo sie allein im Zimmer waren, kein Wort miteinander. Sie warfen einander kaum Blicke zu. Das Einzige, was wirklich geschah, war Randis Zwinkern. Sie drückte damit vermutlich etwas aus, das Emil nicht ganz verstand. Aber er fühlte sich dabei fast erwachsen.

Die Mutter brachte ein paar Kerzen aus der Küche mit. Sie zog die Vorhänge zu und knipste die Lampe aus, so dass nun brennende Kerzen das Zimmer erhellten und Schatten der Drei an die Wände und bis hinauf an die Decke warfen.

»Das ist genau wie im *Krieg*«, sagte Randi. »Da haben wir auch so beisammen gesessen. Hinter Verdunklungsrollos und haben uns geborgen gefühlt.«

»Damals waren wir vier«, sagte Emil. Er wollte in dieser Damengesellschaft auch ein Wort mitzureden haben. »Damals war Laila mit dabei.«

Randi musste husten und legte die Zigarette weg.

Sie fing von etwas anderem zu sprechen an:

»Ich bin zu euch gekommen, so schnell ich konnte.«

Die beiden anderen schienen erst nicht zu verstehen, was sie meinte.

»Ich bin hergekommen, so schnell ich konnte«, wiederholte Randi. »Sofort, nachdem ich das in der Zeitung gelesen hatte. Ich habe sofort begriffen, dass es da um Erik ging.«

Elise antwortete, als könne sie ihr nicht ganz glauben:

»Sofort? Seit der Zeitungsmeldung ist ja schon fast ein Monat vergangen.«

Randi glaubte eine gute Erklärung zu haben:

»Ich lese nicht so oft Zeitung. Jedenfalls nicht jeden Tag. Aber ich habe einen Blumenstrauß bekommen …«

Sie wollte erzählen, von wem sie den Blumenstrauß bekommen hatte, merkte aber, dass das die beiden anderen nicht interessierte:

»Ich habe es in der Zeitung gelesen, in die die Blumen eingewickelt waren. Und da bin ich gekommen, so schnell ich konnte.«

Elise war mit der Erklärung zufrieden und nickte.

»Ich habe gefühlt, dass du früher oder später auftauchen würdest«, sagte sie.

Auch Emil nickte, obwohl er so etwas nicht gefühlt hatte.

Erst als Randi sich zum Gehen bereitmachte, wurde der Name des Vaters noch einmal genannt. Auch diesmal war es Randi, die den Namen Erik aussprach. Sie stand vor dem Spiegel und setzte den Hut auf, rückte mehrere Male daran herum, war wohl nie ganz zufrieden, und Elise bürstete inzwischen ein paar Fusseln von ihrem Mantel.

Emil saß im Zimmer. Der Flur war eng, für drei war da nicht genügend Platz. Außerdem wollte er die beiden Frauen ein bisschen allein lassen, er hörte ja doch, worüber sie sprachen. Frauen brauchen immer so lange, bis sie fertig sind, jedenfalls solche Frauen wie Randi. Er konnte nicht da draußen herumstehen und sie einfach nur ansehen.

Sie sprachen leise miteinander. Es waren Worte nur von einer zur andern. Trotzdem hörte er sie, wenn er genau hinhorchte.

Randi sagte:

»Du hast mich überrascht, Elise.«

Emil konnte erkennen, dass seine Mutter sich unruhig bewegte.

»Ich hatte erwartet, ich finde dich …«

Die Mutter fand noch ein Stäubchen, das sie von Randis Mantel bürsten konnte.

» … finde dich mehr …«

Dann war es für einen Augenblick still.

Bis Randi sich aufraffte und sagte:

»Ich dachte, ich komme her, um dir Beileid zu wünschen ... dass Erik wirklich ... Ich dachte, ich würde in ein Trauerhaus kommen.«

Da hatte Emil den Eindruck, dass er ein Lächeln in der Stimme der Mutter wahrnahm:

»An dem Tag, an dem ich den Trauerflor anlege, habe ich doch alle Hoffnung aufgegeben.«

Vielleicht war es Bewunderung, was Emil in Randis Stimme hörte:

»Du hast immer wieder eine Hoffnung gefunden, Elise!«

Noch einmal wurde es still. Ganz still.

Emil mußte sich strecken, um zu sehen, ob die beiden wirklich noch draußen standen. Randi hat das Gesicht dem Spiegel zugekehrt. Die Mutter stand hinter ihr. Stumm standen beide vor dem Spiegel und sahen einander in die Augen.

Dann drehte Randi sich um, langsam, als wollte sie keinen erschrecken, und behutsam legte sie die Arme um die Schultern der anderen. Sie sprachen sehr leise miteinander, es war fast ein Flüstern, und Emil war nicht ganz sicher, ob er wirklich alles mitbekam:

»Ich will kein böses Wort über ihn hören.«

»Das kriegst du auch nicht zu hören, Elise ... Nicht aus meinem Mund ...«

»Aber ich begreife nicht, dass er einfach ...«

»Männer können das ... einfach verschwinden ... Ich weiß, wovon ich rede ... Mein eigener Mann, na, du weißt ja ...«

»Das war doch während des *Krieges*.«

»Die Männer sind sich immer gleich ... Im Krieg und im Frieden. Ich weiß, wovon ich rede ... Kenne die Mannsbilder besser als manche andere ...«

»Darauf brauchst du dir nichts einzubilden.«

»Du meinst, ich soll es bedauern?«

Die Mutter wollte nicht antworten. Sie drehte sich plötzlich zu Emil um. Er lehnte sich schnell auf dem Stuhl zurück, tat, als hätte er kein Wort gehört, als wäre er mit etwas ganz anderem beschäftigt gewesen, hätte an alles andere gedacht als an zwei Frauen, die vor einem Spiegel standen.

»Willst du dich gar nicht von Randi verabschieden?«

Das war ein Befehl.

Ein Befehl an ihn, dass er in den Flur herauskommen solle, aber gleichzeitig ein Bescheid an Randi: Für diesmal reicht's.

Als Randi schon in der Türöffnung stand, küsste sie Emil auf die Wange. Aber es war ein flüchtiger Kuss. Es durfte nichts von dem frischen Lippenstift abfärben, mit dem sie sich schön gemacht hatte, um durch fast menschenleere Straßen zu gehen.

Als Emil die Tür hinter ihr schloss, blieb er stehen, bis er sie hinaus in den Hof gehen hörte. Der ganze Flur, das Zimmer, die ganze Wohnung roch nach ihrem Parfüm, und er strich sich leicht über die Wange, die sie geküsst hatte.

Am nächsten Morgen saß seine Mutter draußen auf ihrem Küchenstuhl und Emil konnte sehen, dass sie nicht besonders viel geschlafen hatte, vielleicht hatte sie überhaupt nicht geschlafen. Aber sie sprach nicht darüber, bat ihn nur mit einer Handbewegung, sich selbst das Frühstück zu machen.

Die Fenster standen weit offen, es war kalt, und Emil fragte, ob er sie schließen dürfe.

»Wenn gut genug durchgelüftet ist ...«

»Du sagst selbst immer ...«

» ... nach ihr.«

» ... Zugluft ist schädlich.«

Nichts von Randis Parfüm war in der Wohnung zurückgeblieben. Es gab keinen Geruch, der in der Nase kitzelte und der vielleicht sogar ein Kitzeln im übrigen Körper hervorrief.

Aber es war gar nicht der gute Geruch, den seine Mutter loswerden wollte:

»Ich begreife nicht, dass sie so viel rauchen muss. Schon gar nicht, wenn sie bei Fremden ist.«

»Fremden?«, fragte Emil überrascht. »Seit wann sind Randi und du Fremde füreinander?«

»Ich finde eben, dass es sich für eine Dame nicht schickt ... so viel zu rauchen.«

»Doch, für eine Dame wie Randi schon!«, behauptete Emil. Er sah seine Mutter von oben bis unten an, vom Kopf bis zu den Füßen. »Sie kann alles machen, was andere Damen nicht tun.«

Die Mutter merkte, auf welche Weise sie angeschaut wurde. Richtete sich das Haar, prüfte, ob der Rock ordentlich saß.

»Ach ja?«, sagte sie nur.

»Mir will scheinen, sie wird dadurch noch mehr Dame«, fuhr Emil fort.

»Würdest du, Emil, wollen, dass ich so dasitze und qualme?«

»Du hast ja selbst versucht zu rauchen!«

»Du hättest mir sagen müssen, dass ich es bleiben lassen soll.«

Emil schüttelte den Kopf.

»Es hat ausgesehen, als gefiele es dir ganz gut.«

»Hat wohl nur so ausgesehen«, antwortete seine Mutter.

Sie nahm Emils beide Hände in ihre und schaute ihm tief in die Augen:

»Meinst du wirklich, ich kann mir das erlauben, so wie alles zur Zeit aussieht?«

»Ja!«, antwortete Emil, obwohl er sicher war, dass sie eigentlich ein *Nein!* hören wollte. Er sah es ihr deutlich an.

Er wartete auf den Seufzer, der nicht kam.

Und er musste sich getäuscht haben. Denn er sah plötzlich ein Lächeln in ihren Augen. Und ein Lächeln um ihren Mund.

»Du meinst also, ich brauche kein schlechtes Gewissen zu haben?«

Emil musste auch lächeln und schüttelte den Kopf:

»Nein, kein schlechtes Gewissen.«

Die Mutter erhob sich vom Küchenstuhl und schloss die Fenster.

»Dann verlasse ich mich auf dich«, sagte sie. »Dass du Recht hast.«

Wer an diesem Abend zu den Fenstern im dritten Stock hinaufschaute, konnte zwei Gesichter erkennen. In einem das von Emil und im andern das der Mutter. Emil und seine Mutter schauten jeder aus dem Fenster des eigenen Zimmers. Keiner der beiden wusste, dass auch der andere hinaus in dieselbe Dunkelheit starrte. Die Tür zwischen ihnen war geschlossen und beide gaben sie kein Geräusch von sich.

Sie schauten denselben Mond an, nur eine schmale Sichel zu dieser Zeit des Monats. Ein paar Sterne blinkten zu ihnen herunter mit Grüßen aus einer Zeit, die viele Lichtjahre vom Heute in der Leirfallsgata entfernt war. Eine Katze schlüpfte aus der Dachluke, setzte sich auf den Dachfirst und schmiegte sich an einen Schornstein, um sich das Fell ein wenig zu wärmen. Emil und auch seine Mutter sahen der Katze zu und beide lächelten bei ihrem Anblick ein wenig. Es ist drollig, eine Katze so dasitzen und die Welt mit solcher Ruhe hinnehmen zu sehen.

Es war die erste Frostnacht dieses Jahres.

Selbst im Dunkeln konnte man sehen, wie klar die Luft war. Und man konnte sehen, wie der Raureif die roten Dachziegel langsam weiß färbte. Der Rauch aus den Schornsteinen war kohlschwarz, wie er es gern ist, wenn im Herbst zum ersten Mal die Öfen geheizt werden. Er stieg senkrecht nach oben wie eine Säule, denn kein Windhauch war in der Luft, und verschwand irgendwo im Dunkel.

Emil und auch seine Mutter standen ganz nah am Fenster und ihr warmer Atem setzte sich als Dunst an der kühlen Scheibe ab. Aber sie wischten ihn nicht weg, weder mit dem Handrücken noch mit dem Jackenärmel, obwohl sie jetzt wie durch einen Nebel hinaus in die klare Luft schauten.

Gleichzeitig und als wäre es ausgemacht, ließ jeder von ihnen einen Finger über die Scheibe gleiten. Als gäbe es ein stilles Abkommen zwischen ihnen, schrieben sie jeder ein Wort auf das Fensterglas.

Er schrieb EMIL in Großbuchstaben.

Sie schrieb ELISE mit ebenso großen Buchstaben.

Beide lächelten, als sie ihren eigenen Namen lasen.

Und beide zeichneten einen Kreis. Keine sehr großen Kreise. Nur groß genug, dass sie die Namen umschlossen und beschützten.

Der Sohn und auch die Mutter blieben einen Augenblick stehen und schauten an, was sie geschrieben und gezeichnet hatten. Beide lächelten leise vor sich hin.

Und gleichzeitig knipsten sie jeder in seinem Zimmer das Licht aus.

Es könnte Randi gewesen sein, die diese Ahnung einer Befreiung mitgebracht hatte. Sie war die Erste gewesen, die die beiden besucht hatte, nachdem Erik Alm verschwunden war. Abgesehen vom Krankenhaus und der Polizei wusste keine Menschenseele, was passiert war.

Böse Zungen sprachen davon, dass Randi ein so genanntes leichtes Mädchen war und dass sie immer nur im passenden oder unpassenden Augenblick auftauchte, wie es ihr eben in den Kram passte. Diese Menschen behaupteten auch, dass Laila, Randis Tochter, nicht unbedingt Mutters artigstes Kind war, und sie grinsten schadenfroh, wenn sie sagten: Wie die Mutter so die Tochter.

Es ist immer schwierig gewesen, das Gerede der Leute zu verändern oder zu verhindern. Aber Randi war keine von denen, die sich besonders viel daraus machen, was die Leute so reden. Sie wusste selbst, was wahr und was gelogen war, obwohl sie manchmal dachte, es wäre vielleicht besser, die Augen vor der Wahrheit zu verschließen oder aber noch ein Quäntchen zuzulegen.

Es gibt jedoch etwas, das man reinen Gewissens von Randi sagen kann:

Sie sprach immer aus, was sie dachte.

Auch wenn es nicht immer das war, was sie eigentlich hatte sagen wollen.

Man kann es Ehrlichkeit nennen, aber ebenso gut kann man es Unbedachtsamkeit nennen.

Damit schaffte sie sich Freunde, dadurch gab es aber auch Menschen, die ihr alles andere als wohlgesonnen waren.

Sein Vater hatte Randi nie leiden können.

Das wusste Emil genau.

Der Vater war stets dagegen gewesen, dass die Mutter einen wie immer gearteten Umgang mit der früheren Nachbarin hatte.

Darum beschloss Emil jetzt, sie zu besuchen.

Nicht wegen seiner Mutter.

Die tat sicher alles, was dem Vater recht war.

Emil wollte es von sich aus tun.

Mit einem Gefühl der Freiheit wollte er die Frau besuchen, die so gestaunt hatte, was für ein Mannsbild er geworden war, und die ihm zugezwinkert hatte, als sie allein im Zimmer gewesen waren.

Er wollte ihr zeigen, dass er, Emil Alm, immer ihr Freund gewesen war und dass er es immer bleiben wollte.

Er brauchte deswegen keineswegs ein schlechtes Gewissen zu haben.

Wie überrascht würde Randi, FRAU Randi Kristiansen, sein ...

Sie schien nicht im Mindesten überrascht zu sein.

Es war Emil, der überrascht war.

Randi war, als er kam, noch nicht angezogen. Einen Augenblick dachte er, nun werde sie ihn nicht in die Wohnung lassen. Aber sie warf ihm nur einen kurzen Blick zu, als wäre er einer, der jeden Tag durch diese Tür aus und ein ging. Sie ging ihm einfach voraus ins Zimmer.

An der Flurgarderobe hing so viel Zeug, daß für Emils Jacke gar kein Platz mehr war. Er warf sie auf Randis Bitte hin einfach über einen Stuhl und sie entschuldigte sich für die Unordnung. Sie sprach mit ihm, als wäre er Tag für Tag ihr Gesprächspartner. Sagte, wahrscheinlich hätten nicht alle Leute solchen Ordnungssinn wie seine Mutter, nein, aber war es denn notwendig, das Aufräumen immer derart ernst zu nehmen? Das werde er wohl selbst merken, wenn er einmal eine eigene Wohnung hätte. Und die Männer seien, was Unordnung anbelangte, immer schlimmer gewesen als die Frauen. Das weiß doch jeder, oder?

Sie bat ihn auch, ihr Aussehen zu entschuldigen. Und ihren Aufzug. Sie hatte nur den Unterrock an. Sagte, sie sei eben erst aufgestanden. Vom Mittagsschläfchen. Hatte sich nur ein bisschen hingelegt. Wollte sich nur ein Weilchen ausruhen. Dann sei sie eingeschlafen ...

Sie sah auf die Uhr.

Sah, dass schon später Nachmittag war.

… und wäre bestimmt erst am nächsten Tag aufgewacht, wenn nicht er …

Sie betrachtete sich in einem Handspiegel und war mit dem, was sie sah, gar nicht zufrieden:

»Nicht gerade ein Schönheitsschlaf, nein, nein, aber, aber …«

Dann legte sie den Spiegel mit der Rückseite nach oben aus der Hand.

Sie fragte nicht, warum er gekommen war. Sah nicht aus, als wäre sie von dem unerwarteten Besuch überrascht. Eher brachte sie Emil dazu, sich darüber zu wundern, dass er den Wunsch gehabt hatte, den Fuß in ihre Wohnung zu setzen.

Aber das Wundern machte ihm keine Lust wegzugehen.

Das Wundern machte ihm erst die richtige Lust zu bleiben.

Obwohl schon später Nachmittag war, hatte Randi ein ungeschminktes, faltiges Morgengesicht. Sie hatte keinen BH unter dem Unterrock an und Emil wusste nicht, wo er hinsehen sollte, wenn sie sich vorbeugte.

Und sie roch auch nicht nach Parfüm wie sonst.

Sie roch nur nach sich selbst.

Es roch nur nach Randi.

»Ist es kalt draußen?«, fragt sie.

Also war sie eine Zeit lang nicht vor der Tür gewesen.

»Es geht«, antwortete Emil.

Er hatte gar nicht so genau darauf geachtet.

Randi begann sich anzukleiden.

Langsam, sie hatte wohl genug Zeit.

Und sie ging dazu nicht ins Schlafzimmer. Sie zog sich im Wohnzimmer direkt vor Emils Augen an. Als kümmere es sie nicht, dass er da war. Oder es könnte auch sein, dass sie es gerade deswegen tat.

Emil hatte immer geglaubt, es sei spannend, Frauen beim Ausziehen zuzusehen. Niemand hatte ihm gesagt, dass es noch spannender sein konnte, ihnen beim Anziehen zuzusehen.

Zuerst sah er Nylonstrümpfe, die einfach nicht richtig sitzen wollten. Randi saß auf einem Hocker und streckte die Beine so sehr sie konnte und versuchte die Nähte hinten auf den Waden zu sehen, und dabei ging der Straps mehrere Male ab.

Den BH zog sie an, ohne den Unterrock auszuziehen, aber sie musste ihn dauernd mit beiden Händen zurechtziehen, legte die Hände um die Körbchen, als müsse sie abwiegen, was sie darin versteckt hatte. Sie lächelte. War zufrieden mit sich und ihrem Tun. Und es könnte sogar sein, dass sie zu Emil hinschielte. Ihm kam es jedenfalls so vor und er tat ein Weilchen so, als beschäftige ihn das Teppichmuster auf dem Fußboden ganz besonders.

Dann kam der Rock an die Reihe.

Erst klopfte Randi sich auf den Bauch. Es sah aus, als wolle sie sich überzeugen, dass sie seit gestern nicht dicker geworden war, und dann begann sie, den Rock von unten herauf über die Beine zu ziehen, schob ihn über die Hüften weiter hoch, wackelte ein paar Mal hin und her, schnaufte heftig, atmete aus und nur wenig ein. Nickte sich selbst zu und strich sich dabei über den Po. Er fragt sich aber, ob sie nicht auch Emil ein bisschen zunickte, als sie die Oberschenkel spannte und auch hier ein wenig klopfen musste, um ganz sicher zu sein, dass der Rock saß wie er sollte.

Als sie die Bluse angezogen hatte, musste sie den Rock wieder aufmachen, um die Bluse hineinstecken zu können. Sie lachte ein bisschen über sich selbst, weil sie so dumm gewesen war. Aber es fragt sich, ob ihr kleines Lachen nicht Emil galt, denn sie atmete auch jetzt heftig ein und aus.

Es war absolut nicht das erste Mal, dass Emil eine Frau beim Anziehen gesehen hatte. Für einen Jungen, der in seinem vierzehnjährigen Leben immer mit seiner Mutter zusammengewohnt hatte, war das ein ganz normaler Anblick.

Aber Randi war nicht seine Mutter.

Seine Mutter zog die Kleider irgendwie nur an, um etwas am Leib zu haben und um nicht frieren zu müssen.

Randi war eine Frau, die mit jedem Kleidungsstück, das sie sich überzog, mehr und mehr FRAU Randi Kristiansen wurde.

Emil fragte sich, ob sie jedes Mal beim Anziehen gleich lang brauchte. Oder ob sie es tat, weil er ganz außen auf dem Stuhlrand saß und …

Nachdem sie die Blusenknöpfe mehrere Male auf und zu geknöpft und sich dann endlich entschlossen hatte, wie weit offen sie den Blusenausschnitt am Hals haben wollte, nahm sie den Spiegel wieder in die Hand und fing an, sich mit der anderen Hand zu schminken.

»Der Spiegel ist zu klein«, murmelte sie.

Es waren die ersten Worte, seit sie begonnen hatte sich anzuziehen.

»Ich hatte einen größeren. Ist kaputtgegangen. Ist plötzlich ganz von selbst von der Wand gefallen. Sieben Jahre Pech!«

»Ist es schon lange her?«, fragte Emil, froh, dass sie wieder zu sprechen angefangen hatte.

»Vorige Woche. Das bedeutete, dass ich noch sechs Jahre und einundfünfzig Wochen Elend vor mir habe!«

Aber vermutlich fürchtete sie das Schicksal nicht, denn sie lachte einfach darüber:

»Alter Aberglaube!«

Doch sicherheitshalber klopfte sie auf Holz.

»Gut, dass ein Mannsbild bei mir ist«, sagte sie und sah ihn streng an.

Emil räusperte sich, hatte wohl einen Krümel im Hals.

»Ich brauche Hilfe von zwei Männerhänden«, sagte Randi.

Emil hustete. Es war wohl nicht nur ein Krümel, sondern ein ganzer Kloß, der sich da festgesetzt hatte.

Aber Randi brauchte gar keine so besonders große Hilfe; Emil musste ihr nur den Spiegel halten, damit sie zum Schminken beide Hände frei hatte, und der Kloß in Emils Hals löste sich schnell auf.

Er stützte die Ellbogen auf die Tischplatte, um den Spiegel so ruhig wie möglich halten zu können.

Er hielt ihn ihr mitten vors Gesicht, konnte sie also nicht mehr sehen, sondern hatte nur die Rückseite des Spiegels vor sich und daneben ihre überstehenden Haare. Auch die Rückseite war blank, allerdings nicht so spiegelblank wie die Vorderseite, aber Emil konnte sich selbst darin sehen. Es war, als wäre sein Gesicht zu dem von Randi geworden.

Er sah in sein eigenes Gesicht, hörte aber Randis Stimme:

»Er ist mit diesem Krieg nie fertig geworden.«

»Wer?«, fragte Emil und befürchtete, dass seine Hände anfangen würden zu zittern.

»Na, dein Vater«, antwortete Randi.

Sie guckte über den Spiegelrand.

Emil hatte ihr kaum in die Augen geschaut, da senkte er schon den Blick auf die Tischplatte.

»Aber jetzt wird deine Mutter vielleicht ihren Frieden finden.«

Weiter sagte sie nichts.

Konnte längere Zeit nichts sagen.

Der Lippenstift musste aufgetragen werden.

Als Letztes, ehe sie den Mantel anzog, tupfte Randi sich hinter jedes Ohr etwas Parfüm und nahm ihr Haarnetz ab.

»Gehst du weg?«, fragte Emil.

»Nur auf einen kleinen Spaziergang«, antwortete Randi.

Der Besuch war also zu Ende.

Emil ging hinter ihr die Treppe hinunter.

Als sie ins Erdgeschoss kamen, blieb Randi jäh stehen und drehte sich nach ihm um. Er stand eine Stufe höher, sah auf sie herunter und fühlte sich größer als sie. Wie ein ausgewachsener Mann stand er da und sah auf sie herab.

Es war, als entdeckte sie ihn erst jetzt richtig.

Erst jetzt zeigte Randi, dass sie doch überrascht war, denn sie fragte ihn, warum er gekommen sei:

»Hat deine Mutter dich geschickt?«

»Nein.«

»Grüß sie trotzdem von mir.«

»Ja«, sagte Emil, wusste aber, dass er es nicht tun würde.

»Schade, dass ich nicht mehr Zeit hatte.«

»Hast du's eilig?«

»Muss Zigaretten kaufen.«

»Bleibst du länger aus?«

»Es dauert ja nicht so lange, sich was zu rauchen zu besorgen.«

Aber es hatte lange gedauert, sich zum Zigaretten kaufen anzuziehen.

Emil musste lächeln, als er das dachte.

Und als Randi sein Lächeln sah, lächelte sie ihn mit einem richtigen, guten Randi-Lächeln an.

Und er sagte, weil er es auch wirklich meinte:

»Und du grüß Laila von mir!«

Das gute Randi-Lächeln zerfloss.

Sie trat einen Schritt zurück. Jetzt war sie wieder größer als er. Er war wieder der Vierzehnjährige, der noch nicht ganz ausgewachsen war. Sie sah auf ihn herunter, als sie sagte:

»Du kannst zu mir kommen, wann immer du willst. Du kannst kommen und gehen wie du selber magst. Aber du musst mir eins versprechen und ich weiß, du kannst das auch halten!«

Emil nickte scheu und wusste, er war drauf und dran, ein wichtiges Versprechen zu geben.

»Du darfst Laila mit keinem Wort erwähnen!«

Und nur eine einzige Frage:

»Laila ist doch deine Tochter!«

»Eben deshalb!«, erwiderte Randi mit einer Stimme, die gleichzeitig aussagte:

»Damit ist in dieser Sache das letzte Wort gesprochen!«

Um zu zeigen, dass sie meinte, was sie sagte, ging sie rasch durch die Haustür auf die Straße und war schon verschwunden.

Noch viele Tage danach meinte Emil den Kitzel von Randis Parfüm in der Nase zu spüren. Und hatte das Gefühl, der Anblick der Frau, die sich vor seinen Augen angezogen hatte, wiederhole sich dauernd. Es war wie in der Kinovorschau, wo jedes Mal wieder dieselben Filmschnitte gezeigt wurden.

Randi wollte nicht von Laila reden hören. Na gut. Aber Emil dachte, eines Tages werde sie sich dann doch vergessen und ein paar Worte über Laila fallen lassen und er würde dann doch *ein kleines bisschen* über das Mädchen zu hören kriegen, das er schon seit seiner Geburt kannte. Er beschloss also, bald wieder zu Randi zu gehen und mehr von den Gerüchen mitzubekommen, die in der Wohnung zu Hause unbekannt waren.

Auch als Emil sie das nächste Mal besuchte, war Randi noch nicht fertig angezogen. Sie fühlte sich anscheinend im Unterrock am wohlsten, aber sie hatte dicke Wollsocken an und klagte über die fußkalte Wohnung.

»Ich bin im verkehrten Land auf die Welt gekommen«, sagte sie. »Ich gehöre nicht hierher in den kalten Norden.«

Zum Glück hatte sie noch Zigaretten zu Hause. Sie zündete sich eine an und sog den Rauch ein, ließ ihn wohl bis in den Bauch kommen, denn sie stieß ihn durch Mund und Nase wieder aus. Sie verfolgte den Rauch mit den Augen, als wäre sie am liebsten auch einfach verduftet:

»Ich passe am besten dorthin, wo das ganze Jahr Sommer ist. Irgendwohin, wo die Blumen immer blühen und die Bäume immer grün sind. An einen Ort, wo ich die ganze Nacht aufbleiben und nur Musik und Gesang hören kann und wo alle dich anlächeln und dich zum guten Morgen und zum guten Abend und zur guten Nacht auf die Wange küssen.«

Die Welt hörte sich so gut an, wenn Randi auf diese Weise sprach, und Emil konnte sich vorstellen, mit Randi an einem solchen Ort zu sein:

»Dann könnte ich dir jeden Morgen Zigaretten kaufen. Du brauchtest dann nicht so weit zu gehen.«

Randi lächelte ihn an:

»Das habe ich doch gewusst, Emil. Du bist der geborene Kavalier. Und du bist der Einzige, mit dem ich gern so weit fortreisen würde.«

Sie tätschelte ihm mit ihren weichen Händen die Wange.

Emil konnte sich nicht erinnern, jemals so weiche Hände gefühlt zu haben. Und obwohl sie kaum seine Wange berührten, war es, als streichle Randi seinen ganzen Körper, und er fühlte, wie gut und warm es in ihrer Wohnung war, obwohl sie einen kalten Fußboden hatte.

Sie sah ihm ernst in die Augen, aber von dem Lächeln war noch etwas um ihren Mund zurückgeblieben:

»Einem Jungen wie dir wünsche ich echte Liebe.«

Emil schluckte, obwohl sein Mund ganz trocken war.

»Hast du jemanden, bei dem du dich ausweinen kannst?«, fragte sie unvermittelt.

Emil schüttelte den Kopf.

»Hast du jemanden, der sich bei dir ausweint?«

Emil schüttelte noch einmal den Kopf.

Randi flüsterte ihm zu:

»Das habe ich auch nicht.«

Und es sah fast aus, als hätte sie bei diesen Worten am liebsten geweint.

Ein Päckchen Zigaretten reicht nicht ewig.

Zumindest dann nicht, wenn es so oft hervorgeholt wird wie bei Randi, und so gab sie Emil Geld, damit er ein neues kaufen ginge.

»Ich weiß nicht sicher, ob das geht«, sagte Emil.

Randi sah ihn fragend an.

»Ich bin zu jung zum Zigarettenkaufen.«

»Das hätte ich fast vergessen«, sagte sie überrascht.

Sie wollte ihm wieder die Wange tätscheln und Emil sehnte sich nach ihren weichen Händen, doch unvermittelt verschränkte sie die Arme hinter dem Rücken.

Emil fand, dass er nicht immer mit leeren Händen zu Randi kommen konnte. Sie verdiente ein Geschenk, dachte er, eine Gabe, die ihr zeigte, welch guter und verlässlicher Freund er war.

Er beschloss, ihr keine Zigaretten zu kaufen. Die würde sie nur gleich aufrauchen und schnell neue kaufen gehen. Nein, er wollte kein Geschenk kaufen, das in Rauch und Asche aufging. Er wollte ihr etwas Bleibendes schenken, etwas, das ihr gefiel und sie an ihn erinnerte, wenn sie es verwendete. Daher blieb er eines Tages vor einem Schaufenster stehen, in dem Unterröcke ausgestellt waren, und er glaubte Randi in jedem davon zu sehen und wusste, wie gut sie ihr stehen würden.

Einer von diesen Unterröcken würde das allerschönste Geschenk sein, das er ihr machen konnte. Wenn er nur hätte herausfinden können, welcher der Allerschönste war.

Aber was würden sie in dem Geschäft denken, wenn er, Emil Alm, hereinkäme, um sich die allerneueste Mode ein bisschen näher anzusehen? Denn da gab es doch sicher Unterschiede und neue Modelle, auch bei Unterröcken?

Und welche Größe sollte er sich näher ansehen? Denn es gab doch wohl auch bei Unterröcken verschiedene Größen? Genau wie bei Herrenhemden. Und Schuhen. Und Hosen. Es gab doch dicke Frauen, schlanke Frauen und auch welche dazwischen, so wie Randi. Und er konnte sicher nicht einfach mit den Händen zeigen, welche Größe seiner Meinung nach passen würde. Er konnte zwar lügen und sagen, er kaufe den Unterrock für seine Mutter, da war es nicht so schlimm, wenn er nur mit den Händen zeigte, wie groß sie war. Aber sie würden ihm bestimmt nicht glauben. Es gibt vermutlich keine Söhne, die ihrer eigenen Mutter einen Unterrock kaufen.

Nein, sie würden ihn nur auslachen. Würden ihn fühlen lassen, wie peinlich es für ihn sein musste, in ein Geschäft zu gehen, das nur von Damenkundschaft besucht wurde, und wo sie nicht nur Röcke zum Drunterziehen hatten, sondern auch Höschen und Büstenhalter und Hüftgürtel und schwarze und hautfarbene Strümpfe aus Nylon und Seide.

Das alles war bestimmt fürchterlich teuer und sie würden ihn bestimmt überlegen anlächeln und bezweifeln, ob er sich derart kostspielige Waren überhaupt leisten konnte.

Und sie hatten allen Grund zu zweifeln, Grund genug, über ihn nicht nur zu lächeln, sondern wirklich zu lachen.

Es stimmte ja, daß er blank war.

Außerdem, dachte Emil, was soll Randi mit einem einzigen Unterrock? Sie hat bestimmt schon ausreichend viele. Schließlich konnte sie nicht alle gleichzeitig tragen.

Und Randi war plötzlich in keinem der Unterröcke im Schaufenster mehr zu sehen.

»Was, glaubst du, denkt deine Mutter? In Wirklichkeit, meine ich.«

Emil zuckte nur die Schultern.

»Sie denkt zu viel nach«, sagte Randi.

»Hat ja auch gerade jetzt besonders viel zu denken«, antwortete Emil.

»Drum sollte sie lieber an was anderes denken.«

»Es ist nicht so leicht, über seine Gedanken zu bestimmen«, sagte er.

»Sie sollte drüber nachdenken, wie sie einen anderen Job finden könnte. Sie denkt dauernd nur daran, wie schlecht das Putzen in der Schule für ihren Rücken ist. Sie ist eine viel zu feine Frau, um sich ihr Leben lang mit dem Putzeimer herumzuschlagen. Das ist jedenfalls meine Meinung!«

»Wer weiß, ob sie sich etwas anderes vorstellen kann.«

»Stell dir vor, ich würde einen neuen Job für sie finden!«

»Du?«

‚Ja, stell dir vor! Ich weiß, was sie braucht. Wir Frauen denken anders als ihr Männer.«

Es gefiel ihm auch diesmal wieder, dass er als Mann bezeichnet wurde, obwohl nicht sicher war, ob sie es im guten Sinn meinte.

»Sie muss mit anderen Leuten zusammenkommen. Neuen Menschen, Emil. Sie kann es machen wie ich. Eine Stelle in einem Hotel annehmen oder wenigstens in einer kleinen Fremdenpension. Das ist nicht so mühsam. Sie kann abends oder auch bei Nacht arbeiten und hat die übrige Zeit frei. Nicht wie jetzt ...«

Emil hätte gern von etwas anderem gesprochen. Er wusste nicht recht, ob ihm der Gedanke gefiel, dass seine Mutter nachts aufsein und dafür den ganzen Tag schlafen würde. So etwas passte zu Randi. Sie war eine Frau, die weit in den Nachmittag hinein im

Unterrock dasitzen konnte, auch wenn sie Besuch von einem Mann hatte.

Einem Mann wie ihm.

Er lächelte sie männlich an.

Sie lächelte ihn an, strich sich über den Unterrock, als hätte sie Emils Gedanken erraten, und er hoffte, dass sie ihm mit derselben Hand sanft über die Wange streichen würde.

Emils Welt war ganz von Unterröcken erfüllt. Es gab sie einfach überall.

In den Geschäften konnte man, wie es schien, nichts anderes mehr kaufen als Unterröcke. Es stimmte, dass es eine letzte Mode gab und dass manche wesentlich teurer waren als andere. Aber es gab keine wirklich billigen. Es stimmte nicht, dass es etwas gab, das sich »Fast-geschenkt-Preise« nannte. Jedenfalls nicht in der Stadt, in der Emil wohnte, und bestimmt auch nicht anderswo.

Wenn er vor einem Kino stehen blieb, um sich die Standfotos anzusehen, sah er wieder nichts anderes als Unterröcke. Er sah verschwitzte Frauen mit Haaren bis über die Schultern und ihre Unterröcke wurden nur von zwei ganz schmalen Trägern gehalten.

Nicht dass Emil Frauen hätte miteinander vergleichen wollen; aber …

Und die waren meistens jünger als Randi, das machte Vergleiche schwierig und auch ungerecht. Nein, er sollte froh sein, sich mit ihr begnügen zu können. Außerdem waren das andere nur Filmstars und einem echten Filmstar kann man im wirklichen Leben gar nicht begegnen. Nicht einmal in den dunklen Kinos war es ihm möglich, ihnen zu begegnen. Die Filme waren für Leute über 16 und die Billeteure waren bekanntlich streng. Die wollten vermutlich die Frauen und alle Unterröcke für sich allein haben.

Emil tröstete sich mit dem Anblick all der Unterröcke, die in der Luft flatterten.

Alle Hinterhöfe waren voll davon.

Auf allen von Wand zu Wand gespannten Wäscheleinen hingen Unterröcke. Sie blähten sich im Wind auf wie die Segel einer Karavelle, die in voller Fahrt hinaus ins Unbekannte fuhr, weit hinter allen bekannten Horizonten.

Es mussten Tage angebrochen sein, an denen alle Frauen beschlossen hatten, ihre Unterröcke zu waschen und sie draußen alle zugleich aufzuhängen, damit jeder sich daran erfreuen konnte.

Fast alle Unterröcke waren weiß oder rosa. Das fiel Emil auf. Nur ganz selten unterschied sich einer von den anderen.

Knallrote waren nicht zu sehen.

Und gab es grüne oder blaue Unterröcke?

Nicht, dass es ihm aufgefallen wäre.

Emil mochte die weißem am liebsten.

Sie erinnerten ihn an …

… Engel.

Engel, die in Reih und Glied über den Hinterhof schwebten.

Er wusste, dass es Einbildung sein musste, aber trotzdem gefiel ihm der Gedanke:

Alle Engel sahen genau wie Randi aus.

Sie hatten die gleichen Haare, die gleichen Augen, den gleichen Mund. Falls Engel sich schminkten, dann schminkten sie sich wie Randi.

Aber mit einem Mal … und das sah er wirklich:

einer von der seltenen Sorte Unterrockengel riss sich von der Leine los. Der Wind kann in einem Hinterhof kräftig herumwirbeln und so ein kräftiger Wirbelwind erfasste einen dieser Unterrockengel und trug ihn bis hinauf zu den Dächern. Genau in dem Augenblick, als er um einen Schornstein herumflog und drauf und dran war zu verschwinden, entdeckte Emil, dass dies ein Engel war, der Randi gar nicht so sehr ähnlich sah.

Nur ein ganz kleines bisschen.

Es war ein jüngerer Engel.

Ein Tochter-Engel.

Ein Laila-Engel.

Und dann verschwand der ganze Wind aus dem Hinterhof und alle Unterröcke, die weißen und die rosaroten, hingen schlaff auf den Leinen und waren nichts anderes als zum Trocknen aufgehängte, frisch gewaschene Wäsche.

November

»Seit fast zwei Wochen war das ganze Land an der Suche nach den beiden verschwundenen Kindern aus Lejaskog beteiligt. Im Lauf der Tage ist die Hoffnung, sie noch lebend zu finden, geschwunden.

Die Kinder haben vermutlich die Brücke über den Fluss benutzt und darauf hat sich die Suche konzentriert, obwohl die Wassertiefe unmittelbar unter der Brücke nur fünfzehn Zentimeter beträgt. Es gibt hier auch keine Strömung, aber man kann nie wissen. Nichts darf unversucht bleiben. Das Eis ist aufgebrochen worden, um den Einsatz von Froschmännern zu ermöglichen, obwohl die Suche mit großen Hilfsmannschaften vor sich geht.

Die verschwundenen Kinder wollten ihrem Vater durch den Wald entgegengehen und große Strecken sind bereits von Freiwilligen kreuz und quer durchsucht worden. Bis zu 300 Kilometer sind die Menschen gefahren, um sich an der Suche freiwillig zu beteiligen. An einem Tag durchkämmten über fünfzehnhundert Mann in Gruppen zu fünfzig das Gebiet um den Bauernhof.

Aber noch immer lastet die Ungewissheit über das Schicksal der Kinder auf deren Elternhaus in Lejaskog. Und Ungewissheit ist für jene, die dem fünf Jahre alten Mädchen und dem drei Jahre alten Jungen nahe stehen, sicher unerträglicher als alles andere.«

Den norske filmavisen, November 1957
Norwegisches Filmjournal

Obwohl das ganze Land sich an der Suche beteiligte, sprachen Emil und seine Mutter am Küchentisch nicht von den beiden Kindern aus Lejaskog und jeder von ihnen achtete sorgfältig darauf, dass die Zeitungen weggeräumt waren, um ja kein Wort darüber verlieren zu müssen. Ohne dass sie es abgesprochen hatten, war beiden dieses Schweigen wichtig. Niemand brauchte ihnen zu erklären, was Ungewissheit bedeutete.

Die Suche nach Erik Alm war beendet.

Ergebnislos

stand auf den Papieren, die Emil gesehen hatte.

Und es stand nie mehr etwas in den Zeitungen seit dem Tag, an dem der König gestorben war.

Sie hatten seine Sachen noch nicht im Krankenhaus abgeholt, aber sie wussten, dass sein Bett von einem anderen belegt war.

Es war von einer Gedenkfeier für Erik Alm die Rede gewesen, aber alle waren sich einig, dass das Zeit hatte.

Ohne eine Spur hinterlassen zu haben,

hatte auf einem anderen Papier gestanden.

Und das Sparbuch?, dachte Emil.

Ist das nicht eine Art Spur?

Aber es war ja nur ein ganz gewöhnliches Sparbuch auf Emils Namen, von dem er jedoch erst nach seinem fünfzehnten Geburtstag Geld abheben konnte.

Mehrere Male war er schon, um über alles nachzudenken und dabei sicher zu sein, dass er allein war, nach Bygdö hinausgegangen.

Die Musik des Meermannes hörte er nicht mehr, wenn er dort draußen auf dem Felsen über dem Wasser saß. Aber die Melodie sang er laut vor sich hin, denn es war ein einfaches Lied und leicht zu merken. Und immer wenn er diese Melodie sang, fühlte er, daß er rot im Gesicht wurde und klamm an den Händen und dass er unter den Armen schwitzte.

Die Glühwürmchen zeigten sich ihm auch nicht mehr. Er begann zu überlegen, ob er sie wirklich gesehen hatte oder ob auch dies Phantasien waren und Träume.

Der Blütenkranz musste aufs Meer hinausgetrieben oder zu Boden gesunken sein.

Emil erinnerte sich, dass er laut über den Fjord hin gerufen hatte:

»Vater!«

Aber auch ein Ruf hinterlässt keine Spuren.

Jedes Mal, wenn er, die *Melodie des Meermannes* summend, in die Leirfallsgata zurückkam, war er sich sicher, dass er niemandem, auch nicht seiner Mutter, von dem Sparbuch erzählen würde. Jedenfalls nicht, bevor er mehr von solchen Dingen verstand.

Das Leben in der Wohnung in der Leirfallsgata war manchmal wie ein Theaterstück. Es war dasselbe Schauspiel, dieselbe Handlung, die da jeden Abend aufgeführt wurde. Dieselben Dialoge, dieselben Wörter und dieselben Bewegungen, die wiederholt und wiederholt wurden.

Es ist immer Halbdunkel im Zimmer. Nicht alle Lampen brennen. Das Radio ist angeschaltet und man kann klassische Musik hören.

Es beginnt damit, dass Emil sich, in einem der beiden Lehnstühle sitzend, in eine Zeitung vertieft.

Seine Mutter lehnt mit einem Plaid um die Beine in der Sofaecke und horcht auf Geräusche von draußen. Dann steht sie mit dem Plaid in der Hand langsam auf, faltet es sorgfältig zusammen und legt es behutsam auf den freien Lehnstuhl, als hätte sie ein schlechtes Gewissen, weil sie ihn nicht benutzt hat. Sie geht horchend, fast schleichend durchs Zimmer.

Da hören die Geräusche draußen auf.

Emil schaut kurz zu ihr hinüber.

Sie seufzt tief und wischt sich ein paar Schweißtropfen von der Stirn.

Emil ärgert sich über den tiefen Seufzer, versucht den Ärger aber nicht zu zeigen. Er tut lieber so, als interessiere ihn nur die Zeitung.

»Nein«, sagt die Mutter leise. »Das war wohl nur der Nachbar …«

» …mmm …«, antwortet Emil, ohne von seiner Zeitung aufzublicken.

» … der zu allen Tages- und Nachtzeiten kommt und geht …«, spricht die Mutter weiter.

Und Emil antwortet noch einmal:

» …mmm …«

» … heute wieder.«

» …mmm …«

»Eigentlich müsste ich seinen Gang endlich kennen, aber …«

» …mmm …«

» …wird er …«

Sie schweigt. Wagt den Satz wohl nicht zu Ende zu sprechen. Sagt lieber:

» … wird alles gut werden … Und wir können anfangen …«

Sie merkt, dass Emil ihr gar nicht folgt, und sie hebt die Stimme:

»Nicht wahr, Emil!«

Emil sieht sich genötigt, die Zeitung wegzulegen und versucht es mit einem etwas unsicheren Lächeln, nickt:

»Sicher.«

Dann setzt die Mutter sich wieder in die Sofaecke, lässt das Plaid aber dort liegen, wo sie es hingelegt hatte.

»Emil?«

»Ja!«

»Könntest du bitte das Radio ausschalten! Ich kann diese Musik nicht mehr hören … Die spielen ja Abend für Abend dasselbe. Immer dasselbe. Alles hört sich gleich an. Sie könnten sich doch wenigstens ein Mal was anderes einfallen lassen … Irgendetwas, das gewöhnliche Menschen in bessere Laune versetzt … Diese Musik da, weißt du, erinnert mich nur an Sorgen und Tod und Begräbnis.«

Emil springt sofort vom Stuhl auf, ihm gefällt nicht, was sie da sagt, und er schaltet schnell das Radio und die traurige Musik aus.

Dann hören sie wieder Geräusche draußen im Treppenhaus.

Emil bleibt mitten im Zimmer stehen und lauscht den Schritten.

Die Mutter sagt gelassen zu ihm:

»Das ist nur der Nachbar … der fliegt dauernd herum … rauf und runter … Dass er sich nie ruhig verhalten kann … damit wenigstens andere ein wenig Ruhe haben.«

»Ja.«

Die Mutter greift nach dem Plaid und wickelt sich gut darin ein, setzt sich in der Sofaecke besser zurecht:

»Ja, ja, Emil. Jetzt ist dieser Tag auch vergangen … Irgendwie … Die Tage vergehen immer so schnell, auch wenn ich denke, die Zeit schleicht im Schneckentempo dahin … Es ist ganz eigenartig, Emil … Warten wir ab, was der morgige Tag bringt … Nicht wahr, Emil? … Wir können nie wissen …«

Und Emil antwortet laut und deutlich:

»Nein!«

Aber es konnte auch einen Szenenwechsel geben, konnte aussehen, als spiele man ein ganz anderes Stück mit zwei ganz anderen Hauptdarstellern, wobei keiner der beiden ahnte, was passieren würde:

Die Mutter stand in der Küche und wusch sich, kümmerte sich nicht darum, dass Emil sich im selben Raum befand. Sie beachtete ihn kaum, war ja gewöhnt, dass der Junge dort saß und mit seinen eigenen Dingen beschäftigt war; mit einer Zeitung oder er schaute zum Fenster hinaus oder er war nur in seine eigenen Gedanken vertieft.

Sie stand im Unterrock da.

Natürlich bemerkte Emil sie.

Sie wusch sich mit einem Lappen unter den Armen, am Hals und im Nacken mit Wasser aus einem Wännchen, wie alle das tun müssen, die kein Badezimmer besitzen.

Er bemerkte, wie die Mutter den nassen Lappen über ihre Haut gleiten ließ.

Er bemerkte, wie es roch.

Es roch sauber, es roch gut nach Seife.

Es roch nach Mensch, es roch nach Frau.

Er bemerkte ihren Unterrock.

Er war eng. Aber das bewirkte nur, dass die Frau, die darin steckte und die trotz allem seine Mutter war, ein wenig besser sichtbar wurde, dachte Emil.

Plötzlich schaute sie ihn an.

Er fühlte, wie ihr Blick ihn auf seinem Stuhl zurückschrecken ließ und er befürchtete, sie könnte böse sein, weil ihm solche Gedanken gekommen waren.

Aber böse, nein. Sie lächelte milde, als sie sagte:

»Was beschäftigt dich denn so, junger Mann?«

Sie machte sich wohl lustig über ihn?

Es war sogar ein Lachen in ihrer Stimme gewesen, als sie ihn *Mann* genannt hatte.

Er konnte ihr keine Antwort geben.

Was sollte er denn sagen?

Und was würde sie dann sagen?

Aber er dachte bei sich, dass er für sein allererstes selbst verdientes Geld ja zwei Unterröcke kaufen konnte, einen für Randi und den andern für seine Mutter. Vielleicht würde es gar nicht so auffallen, wenn er in ein Geschäft ging und zwei Stück kaufte. Es würde eher aussehen, als wäre es für ihn ganz normal, solche Unterwäsche zu kaufen.

Fast hätte er laut geseufzt, als er daran dachte, dass er erst einmal zu einem ordentlichen Job kommen müsse, um seinen ersten Lohn in Empfang nehmen zu können.

Um diese Gedanken loszuwerden, lächelte er seiner Mutter zu. Er wusste, das würde sie freuen.

Und sie freute sich so sehr, dass sie zu ihm hinging und ihn auf die Stirn küsste.

Er musste sich an der Stelle kratzen, die sie geküsst hatte.

Er hatte schon lange keinen Kuss mehr von ihr bekommen.

Sie war nicht der Typ, der andere Leute küsste, dachte er.

Es war, als hätte Emil vergessen, warum er sich eigentlich zu dem Besuch bei Randi entschlossen hatte: Die Hoffnung, Neues von Laila zu hören und vielleicht sogar zu erfahren, wo sie war. Jetzt aber dachte er nur noch an Randi und ihre Unterröcke. Als er aber noch einmal zu ihr kam, war sie schon fertig angezogen.

Er hatte eine Blume für sie gekauft. Er war schon neugierig auf das Gesicht gewesen, das sie machen würde, wenn sie die Blume sah, und er erwartete von ihr zumindest einen kleinen Kuss auf die Wange. Aber Randi griff einfach danach, als hätte er ihr immer Blumen mitgebracht oder als hätte sie es für die höchste Zeit gehalten, ihr welche mitzubringen.

Eigentlich hatte er mehr Blumen kaufen wollen, einen möglichst großen Strauß, aber Blumen waren teurer, als er gedacht hatte, und so hatte er nur Geld für diese eine gehabt.

Er hatte sich das Geld bei seiner Mutter geliehen, aber davon konnte sie gar nichts wissen.

Wie eine Art Geheimnis hatte sie ein schön bemaltes Glas mit Münzen oben auf dem Küchenschrank versteckt. Das Glas hatte immer da oben gestanden und Emil hatte immer davon gewusst. Es war nicht das erste Mal, dass er sich Geld geliehen hatte und auch nicht das erste Mal, dass er sich selbst versprochen hatte, es so schnell wie möglich zurückzuzahlen. Er hatte nie viel aus dem Glas genommen. Nicht so viel, dass sie es hätte merken können, dachte er, obwohl er oft genug befürchtet hatte, dass sie über jede einzelne Krone in diesem Glas Bescheid wusste und dass sie ihn gnadenlos bestrafen würde, wenn sie entdeckte, dass auch nur eine kleine 10-Öre-Münze verschwunden war.

Könnte ich doch nur mein Sparbuch hernehmen, hatte Emil gedacht. Dann würde Randi viele rote Rosen bekommen und er würde eine italienische Vase kaufen, damit sie ein schönes Gefäß für die Blumen hätte.

»Willst du Zigaretten kaufen gehen?«, fragte er, als er sah, dass sie sogar schon geschminkt war.

Sie schüttelte langsam den Kopf, als hätte sie an viele andere Dinge zu denken.

»Wenn es etwas gibt, wovon ich genug habe, dann sind es Zigaretten.«

»Vielleicht solltest du mit dem Rauchen aufhören«, sagte Emil, nur um etwas gesagt zu haben und um sich nicht anmerken zu lassen, wie froh er darüber war, dass sie ihn nicht sofort versetzen wollte.

»Gönnst du mir nicht einmal die einzige Freude, die ich noch habe?«

Ihre Stimme war streng. Fast böse. Sie kniff den Mund zusammen, aber ihre Augen waren wie immer.

Sie stellte die Blume nicht in eine Vase.

Sie begann vielmehr, die Blütenblätter abzupflücken.

Eins nach dem anderen.

»Randi!«, sagte Emil erschrocken. »Tu das nicht mit der Blume!«

Sie hörte nicht auf ihn. Sie murmelte nur etwas vor sich hin. Er verstand nicht, was sie sagte.

Da hob sie die Stimme.

» …Liebt mich …! Liebt mich nicht! … Liebt mich …! Liebt mich nicht …! Liebt mich …!«, sagte sie so lange, bis nur noch ein einziges Blatt übrig war.

Dann schwieg sie unvermittelt und warf die Blume mit einer solchen Heftigkeit auf den Fußboden, dass der Stängel abbrach. Sie starrte die Blütenblätter an, die auf dem Tisch lagen, griff danach, rollte sie in der Hand zu einem kleinen Ball zusammen und warf ihn quer durchs Zimmer. Der Ball traf die Wand hinter dem Sofa und verschwand.

»Das war doch eine Blume!«, rief Emil.

Randi zeigte auf den abgebrochenen Stängel mit dem einen Blütenblatt und mit der gleichen Stimme wie vorher sagte sie:

»Das weiß ich doch!«

»Wieso, Randi?«

Sie atmete heftig und sah in wieder an.

»War es notwendig, hierher zu kommen und mich gerade daran zu erinnern?«

Emil stand auf.

Randi erhob sich gleichzeitig.

Er sagte zu ihr:

»Ich bin hergekommen, um dir diese Blume zu schenken. Es ist deine Blume. Also kannst du damit tun, was immer du willst.«

Randi trat nahe zu ihm hin.

Er merkte, dass das Zimmer voller Rauch war, aber es war nicht nötig, seinetwegen zu lüften. Er würde ja sowieso bald wieder an die frische Luft kommen.

»Und was hast du jetzt vor?«, fragte sie.

Vielleicht klang das nicht mehr ganz so streng.

»Weiß nicht«, antwortete Emil.

Das stimmte im Grunde, er wollte nicht direkt nach Hause gehen.

Sie nahm ihn beim Nacken.

Fest.

Er wollte sich ihrem Griff entwinden.

»Bin ich nicht gut genug für dich?«, fragte sie.

Er spürte ihren Mundgeruch. Es roch süß, aber nicht gut.

Er versuchte »doch« zu sagen, aber das Einzige, was er herausbrachte, war ein schwaches »au«, denn ihre Fingernägel taten ihm weh.

Da ließ sie seinen Nacken los, kehrte ihm den Rücken zu und er sah, dass sie ihr Gesicht in den Händen verbarg.

Er hörte sie sagen:

»Es gibt so vieles, was du nicht verstehen kannst, Emil.«

»Was denn, Randi?«

»Niemand versteht mich! Niemand versteht mich wirklich!«

»Ich kann gern noch ein Weilchen bleiben«, sagte Emil und hoffte, dass er ihr trotz allem ein bisschen helfen könne.

»Herzlichen Dank«, sagte sie, aber es hörte sich nicht besonders herzlich an.

Randi ging in die Küche hinaus. Sie roch noch süßer aus dem Mund als sie zurückkam, ihre Wangen waren noch mehr gerötet, die Augen glänzten und um ihre Mundwinkel spielte ein Lächeln.

Sie blieb unmittelbar vor Emil stehen und sah ihn einfach an. Sie erforschte sein Gesicht.

Emil trat zur Seite.

Wollte sie ganz in ihn hineinsehen?

Er versuchte anderswo hinzuschauen, aber ihr Blick hatte seine Augen eingefangen.

Sie schüttelte den Kopf.

»Ich habe bisher nie darüber nachgedacht.«

»Stimmt was nicht, Randi?«

»Ich habe es bisher nie bemerkt«, sagte sie und nickte dabei.

Es konnte also nichts ganz Verkehrtes sein.

»Dass du deinem Vater unglaublich ähnlich siehst, Emil.«

Sie lächelte, aber ihre Augen waren ernst, als sie fortfuhr:

»Du gleichst ihm … sowohl im Guten als auch im Schlechten.«

»Was meinst du damit?«

»Nichts«, sagte sie. »Aber er konnte ein richtiger Charmeur sein … wenn er wollte«, fügte sie schnell hinzu.

Emil wusste nicht, ob sie die Wahrheit sprach oder nicht.

Er musste unbedingt ein bisschen nachdenken können, ein wenig Ruhe haben, und so sagte er, er müsse hinaus ins Bad.

Er betrachtete sich im Spiegel und begann die *Melodie des Meermannes* vor sich hin zu singen, ohne weiter darüber nachzudenken.

Er betrachtete sich genau: Augen, Mund und Nase. Er lächelte und machte auch ein ernstes Gesicht. Drehte den Kopf ein wenig, um sich im Profil zu sehen.

Er zupfte an seinen Haaren.

»Ist es wirklich wahr, dass ich ihm ähnlich sehe?«, sagte er zu sich selbst.

Dem Mann.

Dem Vater.

Er hatte nicht so strohblonde Haare wie sein Vater. Er war wohl etwas dunkler. Aber er überlegte, wie er mit Hut aussehen würde. Wie seine Haare unter der Krempe hervorgeschaut hätten.

Er dachte:

Wie mag er ausgesehen haben, als er vierzehn war?
Was hat er damals getan?
Was hat er gedacht?
Und, dachte Emil, warum ist er so geworden wie er geworden ist?
Wodurch werden Erwachsene so wie sie sind?
Wieso ist Randi so geworden wie sie ist?, dachte er.

Als Emil wieder ins Zimmer kam, hatte Randi rosarote Wangen und Tautropfen in den Augen. Sie hob die Arme, streckte sie so weit sie konnte, versuchte sich auf die Zehen zu stellen, schien aber zu bemerken, dass ihr Körper schwer war. Stellte sich wieder mit beiden Füßen auf sicheren Boden.

»Emil«, sagte sie. »Warum hast du mich so lange allein gelassen? Emil …!«

Als würde sie seinen Namen zum ersten Mal schmecken und erkennen, dass sie ihn mochte.

»Kannst du tanzen, Emil?«

Er schüttelte heftig den Kopf.

»Wo hätte ich das denn lernen sollen?«, fragte er und fügte hinzu: »Aber in der Welt der Frauen ist der Tanz ein wesentliches Element …«

Randi starrte ihn verblüfft an.

» … schon zu einer Zeit, wo sie und auch ihr Kavalier noch recht jung sind …«

Randi beugte sich vor und starrte ihn noch erstaunter an, schien nicht zu glauben, was sie da hörte:

»Was ist denn das für ein Gerede?«

Emil kannte noch mehr solche Redensarten:

»Man kann studieren, wie gut man sein muss, um als Professionist gelten zu können …«

»Prefoni …?«

Randi schien das Wort überhaupt nicht zu kennen. Und stolz fuhr er fort:

»Aber zum Amateur könnten wir es immerhin bringen!«

Randi begann zu lachen.

Es fing leise wie ein kleines Kichern in ihrem Inneren an. Aber das Kichern wuchs sich schnell zu einem Gackern aus und dann zu einem schallenden Lachen.

Erfreut, dass er sie froh gemacht hatte, fügte er hinzu:

»Aber der Gesellschaftstanz der Erwachsenen ist geschmeidige Elegance und die Romantik ist ihr nächster Nachbar!«

»Emil ...!«, brachte Randi zwischen den Lachsalven hervor. »Emil ...!«

»Wo in aller Welt ...?«

Mehr konnte sie nicht sagen, denn sie verschluckte sich an ihrem Gelächter und fing zu husten an. Sie versuchte Luft zu holen, musste aber umso mehr husten und wurde krebsrot im Gesicht. Regentropfen schienen aus ihren Augen zu fließen und der Schweiß stand ihr auf der Stirn.

Sie fuchtelte mit den Armen und Emil musste ihr den Rücken klopfen und konnte nicht begreifen, dass er so witzig gewesen war.

»Aus!«, schrie Randi. »Es reicht!«

Sie ließ sich auf einen Stuhl plumpsen.

»Hör auf, Mensch!«

Jetzt konnte sie schon wieder atmen.

»Hast du vor, mich ins Jenseits zu befördern?«, stöhnte sie, »Du redest ja wie ...«

Sie fand nicht das richtige Wort, aber das Lachen war noch da.

Emil half ihr:

»Wie die Wochenschau.«

»Wieso ... redest ... du wie ... die Wo ...chenschau?«, brachte sie unter Kichern und Gickeln heraus.

Emil glaubte nicht, ihr irgendetwas erklären zu müssen. Vielleicht würde sie seine Erklärung auch nur für albernes Zeug halten. Aber sie versuchte ernst zu sein, während sie auf eine Antwort wartete.

Also musste er eine zustande bringen:

»Ich gehe wöchentlich ins Palastkino und sehe mir die Wochenschau an. Jeden Donnerstag. Wenn sie das Programm wechseln. Ich bleibe lange sitzen. Den ganzen Tag. Besonders bei schlechtem Wetter. Sehe mir dasselbe Programm mehrere Male an. Es kostet nicht mehr. Man darf sitzen bleiben, so lange man will ... Und einmal hat es da was über Tanz gegeben und so ... Und draußen hat es geschüttet und so ...«

Schwach lächelnd stand sie auf.

»Emil! Emil!«

Sie ging zur Küchentür.

»Du machst mich fertig, Emil«, sagte sie.

»Das wollte ich nicht«, sagte er.

»Ich muss mich nochmal stärken gehen, weißt du, Emil.«

Als Randi gestärkt zurückkam, war es, als brenne das Rouge auf ihren Wangen. Ihre Augen waren noch rotglühender. Und nicht mehr lächelnd:

»Teufel nochmal!«

Sie sah ihn an, als sie dieselben Worte sprach, die er schon einmal gehört hatte:

»Es gibt so vieles, was du nicht verstehst, Emil.«

Und plötzlich riss sie sich das Kleid herunter:

»Was brauch ich herausgeputzt wie eine Puppe angezogen in meiner eigenen Wohnung zu sitzen!«

Er sah sie im Unterrock stehen und fand, dass sie jetzt ein bisschen mehr sich selbst ähnlich war. Er fühlte sich hier im Zimmer nun etwas sicherer. Es war nicht mehr so schlimm, dass Randi dermaßen fluchte.

Sie schleuderte die Schuhe von den Füßen und es war ihr egal, dass einer davon unter dem Sofa landete.

Dann ging sie auf Emil zu, machte vor ihm einen Knicks und sagte:

»Darf ich den jungen Mann um ein beschwingtes Tänzchen bitten?«

Randi war nicht ganz sicher auf den Beinen und Emil hatte nie tanzen gelernt. Es war kein elegantes Tanzpaar, das sich da im Zimmer drehte. Randi versuchte beim Walzer zu führen, aber Emil fand den Rhythmus nicht. Er stolperte über ihre Füße, aber das musste nicht allein seine Schuld sein. Randi wusste auch nicht so genau, wie sie die Schritte zu setzen hatte, und als sie an ein kleines Beistelltischchen stießen, wären sie beide fast umgefallen.

Eine Vase kippte auf den Fußboden, landete aber auf einem weichen Teppich.

Randi blieb stehen, ließ Emil los und schaute der Vase zu, die noch nicht ganz zur Ruhe gekommen war.

»Verdammte Vase!«, sagte sie verärgert.

»Es ist eine schöne Vase«, sagte Emil. »Hast du sie bei Galligani gekauft?«

Randi schnaubte nur.

»Ich habe die Vase nie leiden können«, und Emil hörte ihrer Stimme an, dass sie es wirklich so meinte.

Sie beugt sich vor, musste sich an einem Stuhl leicht abstützen und hob die Vase auf. Sie behielt sie in der Hand und rümpfte verdrossen die Nase:

»Den, der sie mir geschenkt hat, hab ich auch nie leiden können!«

Emil wollte nicht glauben, was er jetzt sah:

Randi hob die Vase. Eine Weile hielt sie sie mit gestreckten Armen hoch, wog sie in der Hand, fand den richtigen Schwerpunkt und auch ihr eigenes Gleichgewicht. Sie sammelte Kräfte und, als diese auszureichen schienen, schmiss sie die Vase an die Wand.

Emil sah die Vase durch die Luft fliegen, gegen die Wand prallen und in tausend Stücke zerschellen, die klirrend zu Boden fielen.

»Keine Liebe …«, schrie sie.

Es war ein Schrei, der ebenso gegen die Wand prallte, aber er fiel nicht zu Boden. Er wurde von einer Wand zur andern geschleudert, bis es schließlich wieder still im Zimmer war.

Aber es blieb nicht lange still.

Schroff wandte Randi sich Emil zu, packte ihn, hielt ihn genauso fest, wie sie es an diesem Abend schon einmal getan hatte.

»Warum hast du mich nicht daran gehindert, Emil!«, sagte sie.

»Ja, aber …«, stotterte er.

Randi wollte ihm nicht zuhören:

»Es ist die schönste Vase, die ich habe!«

»Ja, aber …?«

Sie zog ihn enger an sich und er merkte, dass ihm von dem süßlichen Geruch aus ihrem Mund fast übel wurde. Und der abgestandene Parfümgeruch aus ihrem Unterrock machte ihm das Atmen schwer.

Aber außer ihrem Atem fühlte er ihr Herz heftig schlagen.

Sie sagte:

»Jetzt bin ich sicher, Emil. Er liebt mich … nicht! Alles ist jetzt kaputt!«

Sie packte ihn noch einmal fester und es gelang ihm nicht, sich loszumachen. Sie umfasste seinen Kopf, schob ihn ein Stück von sich. Schaute ihn an und wiederholte, was sie schon mehrere Male gesagt hatte:

»Es gibt so vieles, was du nicht verstehst, Emil.«

Emil versuchte zu nicken, aber man konnte es nicht sehen, weil Randi ihn zu fest hielt.

Und er fühlte tief in seinem Inneren, dass er gar keine Lust mehr hatte Randi zu verstehen.

»Er ist ja nicht gekommen«, sagte sie. »Und ich dumme Nuss habe hier fertig angezogen auf ihn gewartet. Ich dachte, wir gehen zusammen zum Essen aus. Tanzen! Und stattdessen musste ich ganz alleine hier rumsitzen …«

Er wollte ihr nicht mehr zuhören, musste es aber, solange sie ihn dermaßen festhielt.

»Emil … du kannst nicht ahnen, wie es ist … Du bist zu jung … Du weißt nicht, wie es ist, wenn jemand dich enttäuscht.«

Sie sah ihn an, starrte ihm in die Augen. Trotzdem war es, als sähe sie ihn überhaupt nicht, als schaffe es ihr Blick nicht bis zu ihm.

Emil wurde rot, bekam feuchte Hände und schwitzte unter den Armen.

»Zuerst mein Mann«, sagte sie. »Der, mit dem ich verheiratet war und der der Vater ist von … Und dann sie … meine Tochter … Laila …«

Ganz unvermittelt ließ sie ihn los und Lailas Name flog von Wand zu Wand wie ein Vogel, der versucht, ins Freie zu finden.

»Laila!«, wiederholte Emil und wusste jetzt genau, warum er gekommen war. Er nahm seinen ganzen noch vorhandenen Mut zusammen: »Laila hat dich lieb! Das weiß ich!«

»Dass ich nicht lache!«

Randi verzog das Gesicht.

»Jeder hat seine Mutter lieb.«

Randi schaffte es jetzt, Emil fest anzusehen:

»So wie alle ihren Vater lieb haben!«

Emil nickte ein bisschen.

Randi quetschte ein heiseres Lachen heraus:

»Darüber weißt gerade du bestimmt alles!«

Emil fühlte die Tränen rinnen, wusste aber nicht, ob er vor Zorn oder vor Traurigkeit zu weinen begann.

Randi entdeckte seine Tränen und versuchte sich zusammenzunehmen.

»Es ist besser, du gehst jetzt, Emil.«

»Das glaube ich auch«, antwortete er und es klang erleichtert.

Er zog seine Jacke an und band sich den Schal um.

»Ich glaube, du solltest jetzt länger nicht herkommen«, sagte Randi.

»Das glaube ich auch«, gab Emil zur Antwort.

»Du und ich, wir gehen einander langsam auf die Nerven«, war das Letzte, was Randi sagte, ehe er ging.

Emil blieb auf dem Heimweg nicht vor Schaufenstern mit Unterröcken stehen.

Dezember

»Im Sturmschritt kommt ein großer Abend auf uns zu und die Kaufleute der Stadt haben ihr Bestes getan, um uns daran zu erinnern, dass es so etwas wie Geschenke gibt. Die weihnachtlichen Straßen werden von Jahr zu Jahr schöner geschmückt und wir gehen mit unserer Brieftasche immer großzügiger um.

Eltern sind selbst bei außerordentlichen Kältegraden unterwegs, denn angeblich befindet sich der Weihnachtsmann in der Stadt. Das Gerücht hat sich in Kindergärten und Schulen längst verbreitet.

Wer klein ist, hat viele Wünsche. Die Augen glänzen und die Nasen werden an den Scheiben platt gedrückt. Sogar im Märchenland gibt es eine schöne Eisenbahn. Und an solch einer elektrischen Eisenbahn wird Papa zu Weihnachten bestimmt sein Vergnügen haben.«

Norwegisches Filmjournal, Dezember 1957

Der Baum war fast ein bisschen zu groß für das kleine Zimmer, aber er sah schön aus und erfüllte die ganze Wohnung mit Weihnachtsstimmung. Der Rippenbraten war so groß, dass viel übrig blieb, obwohl die beiden mehr als ein Mal zulangten und kaum noch den Nachtisch schafften.

»Da gönnen wir uns morgen eben ein ordentliches Feiertagsfrühstück mit kaltem Rippchen und süß-saurem Kraut«, sagte die Mutter und Emil sah ihr an, dass sie sich schon auf den nächsten Morgen freute.

Das Allerbeste am süß-sauren Kraut war für Emil der Geruch.

Während die Mutter im Topf rührte, stand er daneben, um den Duft von Kümmel, Essig, Zucker und Kohl einzuatmen. Und als er so vor dem Bratofen stand, in dem das Rippchen schmorte und die Schwarte knusprig wurde, bekam er ganz warme Knie.

Das Allerbeste waren die Gerüche.

Nicht nur vom süß-sauren Kraut und vom Braten. Der Weihnachtsbaum roch nach Tanne. Fußboden und Wände rochen nach Schmierseife. Der frisch gewaschene Körper roch nach feiner Toilettenseife. Die Weihrauchkörner auf dem Ofen waren seit dem letzten Jahr nicht zu alt geworden, rochen aber am besten, wenn man ganz nah dabeistand.

Es roch überall nach Weihnachten.

Sogar draußen roch es weihnachtlich. Wenn Emil am Fenster stand, spürte er, wie die Weihnachtsdüfte aus den anderen offenen Fenstern strömten. Wohlriechender Küchendunst breitete sich in der eiskalten Luft aus.

Alle Küchenfenster standen offen.

Nicht nur wegen des Essengeruchs. Die Küchenfenster mussten offen stehen, damit diejenigen, die nicht zum Gottesdienst gingen, sondern zu Hause auf den Braten aufpassten, die Kirchenglocken besser hören konnten und so erfuhren, wann das Essen auf dem Tisch stehen musste.

Wenn die hellen Stimmen eines Knabenchores erst aus dem Radio tönten, brauchte Emil nicht auszuschalten. Vielmehr ging seine Mutter selbst zum Apparat, drehte ihn lauter und setzte sich ein paar Minuten hin, ließ Braten Braten sein und war sicher, dass das Kraut nicht anbrennen würde. Sie schloss die Augen und Emil wusste, dass er auch still sein musste, und wenn der Mutter ein paar Tränen über die Wangen rollten, brauchte ihn das nicht zu kümmern. Es waren nur die weihnachtlichen Düfte und die Knabenstimmen, die sie rührten.

Es lag ein ganzer Berg Geschenke unter dem Weihnachtsbaum. Eigentlich ein viel zu großer Berg, wenn man bedachte, dass nur diese beiden Menschen zusammen Weihnachten feierten. Aber vielleicht gerade weil das so war, hatten sie einander ein paar Kleinigkeiten gekauft, die wie ein ganzer Haufen aussahen.

Emil wusste, dass er Sachen bekommen würde, die er sowieso bekommen hätte: Kniestrümpfe und ein Paar Socken und warme lange Unterhosen aus weißem, innen gerautem Mako. Aber es war trotzdem viel spannender, das alles in schönem Papier und mit einer Schleife verpackt und mit Grüßen vom Weihnachtsmann oder dem Christkind oder dem Mäuschen im Häuschen – oder was immer seiner Mutter einfallen würde – zu bekommen.

Vor Weihnachten war ihm sogar das Taschengeld erhöht worden. Die Mutter hatte es sicher nicht nur aus Nettigkeit getan, dachte Emil. Es war auch, weil sie sich selbst mehrere Sachen wünschte und dafür sorgen musste, dass er sich die Geschenke leisten konnte. Drum war es auch nicht notwendig gewesen, dem bewussten Glas besonders viel zu entnehmen. Nur gerade so viel, dass es reichte, um ihr eine Blumenvase zu kaufen.

Er hatte ihr auch einen Kamm gekauft. Sie verlegte dauernd ihre Kämme, fand sie nicht wieder und jammerte deswegen gar nicht so selten. Emil hatte auch einen Kochlöffel und eine hölzerne Schneerute gekauft. Seine Mutter klagte immer wieder, dass bei den Schneebesen die Stäbe abbrachen oder ausfielen, und immer waren sie ihr zu filigran.

An Unterröcke dachte er inzwischen nicht mehr.

Auch Emil trank Kaffee zu den Plätzchen.

Er mochte an sich keinen Kaffee. Aber weil Heiligabend war, durfte er so viele Zuckerwürfel in die Tasse tun, dass der Kaffee nur noch süß und kein bisschen bitter schmeckte.

Die Mutter hatte das Bier, das sie zum Essen aufgemacht hatte, noch nicht ausgetrunken. Sie nahm ihr Glas mit zum Couchtisch.

»Ich bereue es fast«, sagte sie. »Ich bereue, dass ich nicht einen Spaziergang zu Polet gemacht habe. Ich hätte mir ein Glas Likör zum Kaffee gönnen sollen.«

Sie war sehr bedacht darauf, *ein* Glas zu sagen, damit es nicht nach Begierde oder gar nach Trunksucht klang.

So war sie nun mal.

Emil wusste das.

Aber er wusste auch, dass sie sich ein zweites Gläschen gegönnt hätte.

Und er wusste zudem, was sie dazu gesagt hätte:

»Es ist nicht gut, wenn man Flaschen im Haus herumstehen hat. Da ist zu befürchten, dass man jeden Tag etwas trinkt.«

Danach hätte seine Mutter jeden zweiten Tag ein bisschen aus der kleinen Flasche genippt, und wenn diese leer gewesen wäre, hätte sie vielleicht vergessen, eine neue zu kaufen, und es hätte bis nächste Weihnachten gedauert. Oder zumindest bis zu ihrem Geburtstag im Frühsommer.

Doch, doch, Emil hätte ihr wirklich etwas Likör zum Kaffee gegönnt.

Es klang nicht traurig, als sie später sagte: »Weihnachten ist eigenartig. Wir feiern eine Geburt. Aber wir denken an die, die nicht mehr unter uns sind.«

Sie begann von sich selbst zu erzählen.

Emil hörte sie an diesem einen Abend mehr erzählen, als er in seinem ganzen Leben gehört zu haben glaubte.

Und sie erzählte, wie sie beide, sie und er, der ihr Mann und Emils Vater werden sollte, einander kennen gelernt hatten, als sie jung waren und in der Stadt kaum jemanden kannten. Dass sie zusammentrafen, weil ihr neuer Hut ihr während des *Krieges* an einem Abend bei Verdunkelung direkt vom Kopf weggestohlen worden war und dass er, Erik, den sie vorher noch nie gesehen hatte, ihn wiederzufinden versucht hatte.

Aber nein. Er fand ihn nicht. Er begleitete sie aber nach Hause. Stockfinster war es und die Stadt war voll deutscher Soldaten. Emil durfte das nicht vergessen!

»Erik sah gut aus, musst du wissen. Hab mich sofort in ihn verliebt. Du hättest ihn damals sehen müssen! Die strohblonden Haare, die unter dem Hut vorschauten! Und sein schneeweißes Lächeln. Nur wenige Menschen hatten so bildschöne Zähne wie er.

Iwo! Er durfte nicht mit raufkommen. Bist du verrückt?! Wir kannten einander ja überhaupt nicht. Und ein fremder Mann … so während des *Krieges* … Aber dann lernten wir einander besser kennen … so im Lauf der Zeit eben … Und dann … dann …«

Sie schwieg und schloss die Augen.

Sie lächelte vor sich hin, dachte wohl an etwas, das sie Emil nicht erzählten wollte, und Emil fragte nicht, was es war.

Nach einer Weile erzählte sie dort, wo sie sich selbst unterbrochen hatte, weiter:

» … Und dann … dann haben ihn die Deutschen verhaftet.«

»Wie ist er denn verhaftet worden?«

Emil hatte davon noch nie etwas gehört.

»Warum haben sie ihn verhaftet?«

Sie beantwortete seine Frage nicht unmittelbar:

»Er war mit mir zusammen.«

Aber Emil war mit ihrer Antwort nicht zufrieden und wollte mehr hören:

»Und dann …?«

»Dann haben sie ihn nach Deutschland geschickt.«

»Und dann …?«

»Das Übrige weißt du ja. Dass er nach Hause kam, als der Krieg zu Ende war.«

»Und …?«

»Was denn, Emil?«

Es war schwierig das auszusprechen, aber er tat es so gut er konnte:

»Und du …! Ja, du …«

Emil nickte ungeduldig, wissbegierig. Wollte sie jetzt nicht unterbrechen. Wollte von ihr nur noch ein bisschen mehr hören. Darüber, wie er selbst zustande gekommen war.

»Ja, du …«, versuchte Elise es wieder. »Ja, du … bist einfach gekommen … wie ein kleiner Prinz.«

Da fing Emil zu lachen an.

Er lachte sie regelrecht aus.

Elise saß wie ein kleines Mädchen da. Wie ein kleines Mädchen, das sich geniert. Sie hatte einen knallroten Kopf und stotterte und schaute überall hin, nur nicht zu ihm, mit dem sie sprach.

Selbstverständlich glaubte er ihr nicht.

Er wusste, dass er nicht einfach so gekommen war. So ganz ohne weiteres. Und auf gar keinen Fall wie ein Prinz.

Die Mutter fühlte sich durch sein Lachen wie befreit.

Sie erhob sich. Wollte in die Küche gehen, um noch mehr Plätzchen zu holen.

Aber sie schaute ihm vorher in die Augen und sagte:

»Du kamst wie eine Überraschung, Emil.«

Und mit einem Lächeln fügte sie hinzu:

»Aber es war die schönste Überraschung, die ich in meinem ganzen Leben bekommen habe!«

»Den Krieg hat er hinter sich gebracht. Aber den Frieden hat er nicht geschafft«, sagte die Mutter. »In ihm hat der Krieg nie aufgehört.«

Ihre Stimme klang feierlich.

Aber auch jetzt hörte Emil nicht heraus, ob sie traurig war.

Sie redete langsam. Sprach jedes Wort deutlich aus. Als wäre jedes Wort gleich wichtig. Sie sah ihn nicht an, aber er spürte es, sie wollte, dass er ihr zuhörte:

»Ich glaube, ... nein, ich weiß es, ... dass weder du noch ich es jemals schaffen werden, ihn wirklich zu kennen. Und wenn wir es noch so sehr versuchen. Über manches hat er ja selbst gesprochen. Aber er hat nicht besonders viel erzählt. Und ich glaube, ich weiß warum. Er kannte nicht die richtigen Worte ... Oder vielleicht gibt es die richtigen Wörter überhaupt nicht, die das, was er durchgemacht hat, schildern können. Ich glaube niemand ... kann jemals ... das erzählen, was wirklich geschah. Wie es den Betroffenen wirklich ergangen ist. Und wenn jemand es schafft, begreifen wir andern es trotzdem nicht.

Er war ja ein ganz gewöhnlicher Mensch, Emil. Dazu geboren, ein ganz gewöhnliches Leben zu leben. Zusammen mit ganz gewöhnlichen Menschen. Solchen wie du und ich ...«

Sie machte eine kleine Pause. Schluckte. Atmete tief ein und fuhr mit fester Stimme fort, als wäre es etwas, das sie ihm schon lange hatte sagen wollen:

»Es wird ja behauptet, dass er nicht ganz gesund war. Irgendwann habe ich das sogar selbst geglaubt. Dass er krank war. In gewisser Weise glaube ich das jetzt nicht mehr. Ich glaube sogar, dass Erik der gesündeste Mensch war. Dass er normaler und ungewöhnlicher war als viele andere.

Ich kann nämlich nicht verstehen, Emil, wie ein Mensch, ... ja, ein ganz gewöhnlicher Mensch …, diese Hölle, die die Lager ja waren, mit heiler Haut überleben kann. Ist es möglich, zu überleben und dann auch noch zu leben …?«

Wieder hielt sie inne.

Sie war sich nicht mehr so sicher.

Sie fing lieber mit einem neuen Satz an:

»Dein Vater ist nie aus dieser Hölle herausgekommen. Er hatte sie in sich. Hat sie mit heimgenommen … Lebte damit …

… Nein, er hat nicht überlebt. Es war irgendwie nicht der wirkliche Erik, der zurückkam …

… Ich meine …«, sagte sie und musste wieder überlegen: »… meine wohl, dass …«

Sie suchte und suchte nach den Worten:

»Es war wohl so, dass nur sein Körper den Krieg überlebt hatte und zurückkam. Seine Seele … die ist wohl dort unten geblieben … Bei all den Toten. In einem von den Leichenbergen. Oder in den Verbrennungsöfen.

Ich glaube, Emil, dass die Seele eines gewöhnlichen Menschen, wie er einer war, zu gut ist, um das alles ertragen zu können.«

Sie stand langsam auf, ging leise durchs Zimmer zu einer Kommode, zog eine Schublade heraus, entnahm ihr etwas. Ging zurück und setzte sich wieder auf ihren Stuhl.

Betrachtete, was sie in den Händen hielt. Es war ein schwarzes Band, was sie aus der Schublade geholt hatte.

Sie ließ es durch die Finger gleiten, um alle Falten zu glätten.

Sie sah es an, als hielte sie schwarz für eine schöne Farbe.

Emil fiel ein, was sie einmal gesagt hatte:

»An dem Tag, an dem ich den Trauerflor anlege, habe ich zu hoffen aufgehört.«

Und jetzt, an diesem Weihnachtsabend und nachdem sie gegessen, die Geschenke ausgeteilt und ihren Kaffee getrunken hatten, befestigte sie es um ihren Arm.

Aber sie sagte nicht ein einziges Wort dazu.

Emil schaute sie nicht an.

Er wollte sie mit sich selbst und mit ihren Gedanken allein lassen.

Und er hatte selbst auch das Bedürfnis, mit seinen Gedanken allein zu sein.

Emil merkte, dass ihm nicht heiß wurde, dass er nicht schwitzte und dass er im Gesicht nicht rot wurde.

Die kurze Zeit, in der sie so beisammen saßen, schien ewig zu dauern. Aber es konnten nur wenige Minuten vergangen sein, bis die Mutter leise sagte:

»Dass er kein Grab hat ... Dass wir, du und ich, an kein Grab gehen können ... Wir müssen also versuchen, in anderer Weise an ihn zu denken, Emil ...«

Das war Emil bis jetzt noch nicht bewusst geworden.

Sie kam jedenfalls ganz wie von selbst:

Die Melodie des Meermanns.

Er sang die *Melodie des Meermanns* laut vor sich hin.

Er hatte kaum den Mund geöffnet, da floss ihm die einfache kleine und wunderschöne Melodie schon über die Lippen.

Die Mutter sah ihn erstaunt an.

Ließ ihn singen, lächelte ihn verhalten an und sagte:

»Diese Melodie hatte ich fast vergessen. Es tut irgendwie gut, dass sie dir gerade jetzt eingefallen ist. Übrigens ...? Dein Vater hat sie immer gesungen. Aber das war bevor ... Du warst damals noch nicht geboren. Danach hat er sie nie mehr gesungen. Ich weiß nicht, Emil, wie hast du sie gelernt ...?«

Emil kam nicht mehr zum Erklären.

Sie hörten Schritte im Treppenhaus.

Schwere Schritte, die sich die Stufen heraufschleppten.

Der Nachbar auch heute Abend?

Nein, nicht dieselben Schritte wie sonst immer.

Das hörten sie beide genau.

Besuch für den Nachbarn?

Möglicherweise.

Aber nein.

Die Schritte hielten vor ihrer eigenen Tür.

Es wurde still. Unendlich still wurde es.

Selbst in dieser unendlichen Stille war zu hören, dass draußen jemand stand.

Emil sah seine Mutter an und die Mutter sah ihn an.

Sie schienen sich mit Blicken gegenseitig festzuhalten, als

brauchten sie, während sie in die Stille horchten, unbedingt Halt.

Dann wurde die Stille durch lautes Klopfen an der Tür unterbrochen und die Blicke klammerten sich noch fester aneinander.

Erneutes Klopfen.

Emil versuchte, seinen Blick von der Mutter loszureißen, ihr genügend Freiheit zu geben, aufstehen, durchs Zimmer und hin zur Tür gehen zu können und diese zu öffnen.

Sie blieb einfach sitzen, als wäre sie am Stuhl festgebunden.

Sie nickte ihm zu und sagte ihm mit diesem Blick:

Mach du auf, Emil!

Und sie legte eine Hand um das schwarze Band, als wolle sie es verdecken.

Emil ging zur Tür, öffnete sie aber nur einen Spalt.

Hörte eine Stimme, die verstellt und unmöglich zu erkennen war:

»Wohnen hier die schöne Elise und der wackere Emil?«

Er lugte durch den Türspalt.

Konnte kaum glauben, was er sah:

Es war ein Weihnachtsmann. Ein Mensch, rot verkleidet und mit einer Maske vor dem Gesicht.

Er hätte am liebsten die Tür zugeschlagen, hatte nicht erwartet, dass jemand zu ihnen kommen und …

Da merkte er, dass die Mutter hinter ihm stand. Mit einer Hand stützte sie sich am Türrahmen ab. Mit der andern vergrößerte sie den Spalt. Meinte wohl, etwas sagen zu müssen:

»Schöne Weihnachten.«

Und sie hörten ein Lachen hinter der Maske.

Ein Lachen, das sie erkannten.

Und die Maske wurde abgenommen.

Es war Randi, die lachend sagte:

»Was ist denn mit euch los? Habt ihr noch nie einen Weihnachtsmann gesehen?«

Sie lachte noch lauter, als sie hinzufügte:

»Ihr seht ja aus, als hättet ihr ein Gespenst vor euch!«

Randi hatte zwei Pakete bei sich und beide waren größer als alle, die hier im Haus unter dem Weihnachtsbaum gelegen hatten.

Emil trat schnell einen Schritt zurück und entging so einem Kuss auf die Wange.

Randi zeigte auf das schwarze Band an Elises Arm:

»Hast du endlich Vernunft angenommen.«

Elise antwortete leise:

»Ich weiß nicht, ob ich unbedingt vernünftig bin.«

»Du siehst jedenfalls der Wirklichkeit ins Auge«, sagte Randi.

Elise antwortete so leise wie zuvor:

»Das habe ich die ganze Zeit versucht.«

»Aber nicht mit offenen Augen.«

Elise unterließ eine Antwort.

Randi setzte sich auf den Stuhl, auf dem Emil den ganzen Abend gesessen hatte.

Er blieb hinter einem anderen Stuhl stehen.

Elise ging in die Küche, um noch einmal Kaffee zu kochen.

Emil fragte, ob er ihr draußen helfen solle, aber sie sah ihn nur eigenartig an, überrascht, dass er plötzlich seine Hilfe anbot.

»Leiste du lieber Randi Gesellschaft«, sagte sie.

Angenehme Gesellschaft war das nicht.

Emil fiel nichts ein, was er zu ihr hätte sagen können, und sie sagte auch nichts zu ihm. Es gefiel ihm nicht, dass sie sich eine Zigarette anzündete, ohne zu fragen. Zigarettenrauch war kein weihnachtlicher Geruch und er war stärker als der von Weihrauch oder Tannengrün.

Randi räkelte sich auf seinem Stuhl, streckte Beine und Schultern, als wäre es ihr angestammter Platz hier im Zimmer. Emil wusste nichts mit sich anzufangen.

»Nett, dass du hergekommen bist«, sagte Elise. »Wir haben nur allein so hier rumgesessen.

Wir waren zu zweit, dachte Emil.

»Ich habe das Alleinsein auch nicht ausgehalten«, antwortete Randi.

»Aber du hast doch so viele Freunde, warum hast du keinen zu dir eingeladen?«

Dich will doch niemand mehr besuchen, dachte Emil.

»Mich will doch niemand mehr besuchen«, sagte Randi.

Elise zeigte auf die neue Vase und sagte:

»Sieh nur, was Emil mir Schönes geschenkt hat!«

Randi antwortete merkwürdig sanft:

»Hat einen guten Geschmack, der Junge. Ich könnte auch eine neue Vase brauchen.«

Emil wäre am liebsten weggegangen. Aber niemand geht am Heiligen Abend durch die Straßen. Draußen hielt sich heute keine Menschenseele auf. Er wollte nicht der Einzige sein.

»Unter meinem Weihnachtsbaum war es in diesem Jahr leer«, fuhr Randi fort.

Niemand hat mehr Lust, dir etwas zu schenken. Du machst alles kaputt, was du bekommst, dachte Emil.

»Wär' doch schön gewesen, eine Kleinigkeit zu kriegen«, sagte Randi und sah Emil an, als sie hinzufügte: »Dann hätte ich es als Andenken aufheben können.«

Sie überreichte Elise und Emil die beiden Geschenke, die sie mitgebracht hatte.

Elise meinte es bestimmt ehrlich, als sie sagte:

»Du hättest nichts mitbringen sollen … Wir haben ja auch kein … Wir wussten ja nicht …«

Da lächelte Randi und es war ein gutes Lächeln:

»Verschenken ist meine größte Freude!«

»Du, Randi, denkst immer nur an andere. So bist du immer gewesen«, sagte Elise. »Und ich kann nur Kaffee anbieten. Und meine trockenen Plätzchen.«

Sie hat wohl gedacht, für mich sind die gut genug, dachte Emil.

Aber Randi lächelte nur noch breiter und zog eine Flasche aus ihrer Handtasche. Eine Flasche Likör. Eine große Flasche, nicht so eine kleine, wie Elise sie sich ab und zu gönnte.

»Du hast mir das Weihnachtsfest gerettet!«, sagte Elise und auch sie lächelte von einem Ohr zum anderen.

Emil fand, dass das schwarze Band sie nicht mehr kleidete.

»Jetzt machen wir's uns gemütlich«, sagte Randi, sah Emil an und fügte lachend hinzu:

»Dann werden wir sehen, ob Zeit ist für ein anmutiges Tänzchen!«

Auch Elise lachte, ohne zu wissen, worüber sie eigentlich lachte.

Emil musste als Erster das Paket aufmachen, das er von Randi bekommen hatte.

Es war ein Hemd und er sollte es sofort anprobieren, denn man konnte es in eine andere Größe umtauschen.

Das Hemd sah wirklich gut aus. Er musste es zugeben, sprach es aber nicht aus.

Randi prüfte an den Schultern, ob es wirklich passte.

»Vielleicht ein bisschen zu groß«, stellte sie fest.

Sie roch süß und klebrig aus dem Mund, als sie so nah bei ihm stand.

»Dann hat er es eben auf Zuwachs«, kam es von Elise, die auf dem Sofa saß.

Randi flüsterte Emil ins Ohr:

»Wenn du so weiterwächst, wird es bald einen anderen Tanz geben! ... Ein Amateur muss zumindest rocken können ...!«

Sie fasste schon lange nicht mehr nur den Stoff an. Sie rieb ihm mit den Händen über die Schultern und es tat eigentlich gut.

Aber er würde dieses Hemd nicht verschleißen.

Es kratzte schon jetzt viel zu sehr.

Nun packte Elise ihr Paket aus. Nahm sich reichlich Zeit. Unter dem Papier war eine Schachtel. Elise schaute sie an, fühlte daran herum und schüttelte sie. Aber es war unmöglich festzustellen, was es war.

Sie öffnete die Schachtel so vorsichtig, als könnte darin etwas kaputtgehen. Guckte in den schmalen Spalt und ... heraus zog sie ...

Emil hätte sich das neue Hemd am liebsten vom Leib gerissen, ein altes angezogen, um wegzugehen; selbst wenn er da draußen auf der Straße der Einzige gewesen wäre.

Es war ein Unterrock, schimmernd, aus besticktem Nylon.

Elise hielt ihn gegen das Licht und strich zart darüber, als wäre es Seide.

Es war leicht zu sehen, dass er ihr gefiel.

Emil ging nur bis in die Küche.

Aber er hörte, worüber die beiden sprachen:

»Der muss ja ein Wahnsinnsgeld gekostet haben, Randi!«

Er wusste das gut.

Geldverschwendung, dachte er.

»Wir Frauen müssen auf unsre Unterwäsche bedacht sein«, sagte Randi. »Denn sie ist wichtig für unsre Figur.«

Sie redete mit Emils Wochenschau-Stimme und er beschloss, nie mehr ins Palastkino zu gehen. Von jetzt an würde er sich etwas anderes einfallen lassen.

»Es ist fast schade, dass man ihn unten drunter trägt«, hörte er Elise sagen. »Da sieht ihn ja niemand.«

Randi lachte heiser und dazu klirrten Gläser.

»Wir werden schon bald mal eine Mannsperson für dich finden! Und dann kannst du herzeigen, was …«

»Pfiiii!«

Elise wollte, dass sie den Mund hielt, grinste aber dabei.

Dann fingen die beiden Frauen zu flüstern an. Emil konnte nicht mehr hören, was sie sagten, also musste er wieder zu ihnen ins Zimmer gehen. Er wollte nicht, dass sie allein dort saßen.

Es war Emil, der allein sitzen blieb.

Die zwei Frauen redeten über lauter Dinge, die ihn nicht interessierten. Es war Weibergeschwätz, auf das er sich nicht verstand. Ihm war unverständlich, dass den beiden so viel einfallen konnte.

Wäre wenigstens noch ein Mann hier gewesen, dachte Emil, dann hätte ich auch jemanden zum Reden gehabt.

Es waren Wortkaskaden und er beschloss, einfach selbst abzuschalten.

Randis Glas war dauernd leer.

Bei Elise blieb immer ein kleiner Rest.

Randi hatte einen ausreichenden Zigarettenvorrat bei sich und sie rauchte ununterbrochen. Aber als Emil das Fenster öffnen und lüften wollte, sagte Elise, dass allen die kalte Zugluft unangenehm sei.

Allen?

Ihm war sie angenehm.

Zählte er für sie nicht mehr?

Und spürte seine Mutter nicht, wie der Rauch in den Augen brannte?

Emil hatte nicht zugehört, worüber sie redeten, als Elise in der Küche verschwand.

Emil schaute zu Randi hinüber.

Sie saß da und starrte ihn an.

»Du hast mir Appetit gemacht«, sagte sie scherzhaft. »Ich habe solche Lust auf …«

Sie zwinkerte ihm zu, aber es war kein angenehmes Zwinkern.

» … auf … einen Tanz vielleicht …?«

Emil schüttelte schnell den Kopf.

»In der Welt der Frauen ist der Tanz ein wesentliches Element«, sagte Randi mit Wochenschau-Stimme. »Und es ist lange her, seit du mich aufgefordert hast …«

Sie fuchtelte mit beiden Armen, stieß an ihr Glas und warf es um.

»Verdammt!«, rief sie zornig, als wäre es Emils Schuld gewesen.

Dunkler Likör zerfloss auf dem weißen Tischtuch wie ein Tintenfleck.

Elise erschien in der Tür.

Sie hatte eine Flasche Bier, Braten und Kraut in der Hand sowie einen sauberen Teller für Randi.

Auch sie sah Emil zornig an, als wäre es wirklich seine Schuld gewesen.

Er wollte sich gerade rechtfertigen, als die Mutter ihm zunickte.

Er verstand, was das Nicken bedeutete.

Solltest du nicht lieber schlafen gehen?

Er schüttelte zur Antwort den Kopf.

Während Randi aß, schwiegen sie alle.

Sie hatten sich wohl leer geredet.

Randi aß hastig. Wenn es ihr mit Messer und Gabel nicht schnell genug ging, nahm sie die Hände zu Hilfe.

Emil hätte sich am liebsten abgewandt, aber er sah zu, wie ihr der Saft übers Kinn lief und wie ihre Finger fettig wurden.

Er sah, wie das morgige Frühstück verschwand, auf das er und Elise sich schon so gefreut hatten, und wie schließlich nur noch Knochen übrig blieben.

Randi schloss ihre Mahlzeit mit einem kräftigen Schluck Bier ab, rülpste, ohne den Versuch es zu unterdrücken, laut und lachte dann über sich selbst.

»Glaubst du mir jetzt, Elise, dass ich den ganzen Tag noch keinen Bissen gegessen habe!«

»Am Weihnachtsabend darf niemand ohne Essen sein«, antwortete Elise.

»Dachte, ich kann«, hustete Randi heraus und steckte sich eine Zigarette an.

»Niemand darf am Weihnachtsabend allein sein«, fuhr Elise fort.

»Dachte, dass auch ich das kann«, krächzte Randi und blies neuen Rauch in das verqualmte Zimmer.

»Verdammt!« sagte Randi.

Emil merkte, dass Elise unruhig wurde.

»Verdammt!«, sagte Randi noch einmal und Elise ging zu ihr hin und legte ihr den Arm um die Schultern.

Randi schüttelte sie ab:

»Ich brauche kein Mitleid!«

Aber Elise wollte nicht nachgeben. Sie hockte sich vor Randi hin und legte ihr den Kopf in den Schoß. Bedeutete Emil noch einmal, er solle in sein Zimmer gehen.

Aber er wollte im Wohnzimmer bleiben.

Es war ebenso sehr sein Wohnzimmer wie das seiner Mutter.

Er wollte sich nicht wie ein kleines Kind ins Bett schicken lassen.

Er würde ihr zeigen, dass er Manns genug war zu bleiben.

Bereute es aber schnell, als Randi ihn ins Visier nahm und hitzig sagte:

»Worauf wartest du denn? Einen ordentlichen Rock'n Roll mit einer ordentlichen Frauensperson ...?«

Sie wollte aufstehen, aber Elise hielt sie behutsam zurück. Legte ihre Hände auf Randis zitternde Hände und durfte sie dort liegen lassen.

Emil blieb einfach stehen und schaute die beiden an.

Wollte hören, was sie sprachen, und hörte Randi sagen:

»Du musst besser auf deinen Sohn aufpassen!«

Er war auf jedes einzelne Wort neugierig:

»Ich mach's so gut ich kann, aber ...«

Aber?

Was denn?

» ... allein ist das nicht so leicht.«

»Gib Acht, Elise, dass er nicht wird wie sein Vater. Du siehst doch, wie ähnlich er ihm schon ... Faulenzt nur herum.«

Weder Randi noch Elise sahen Emil an.

»Aber was kann ich dagegen tun, Randi?«

Sie redeten zusammen, als wäre er nicht im selben Raum.

»Nein, von deinem Mann hattest du auch nicht viel Nutzen.«

»Das ist jetzt alles vorbei.«

»Männer verschwinden einfach. Ohne an uns zu denken. Überlassen uns uns selber. Und dann sitzen wir da. Mit leeren Händen. Männer, Elise, denken immer nur an sich. Denken nicht daran, dass andere sich auch eine Zukunft wünschen.«

Und sie schloss mit einem neuen:

»Verdammt!«

Elise begleitete Randi nach Hause.

Sagte, sie brauche ein bisschen frische Luft.

Emil wollte nicht mitgehen.

Wollte sich nicht in Gesellschaft einer betrunkenen Frau auf der Straße zeigen. Auch wenn nicht viele Leute draußen waren.

Er hatte das neue Hemd ganz hinten in den Schrank gestopft und war im Bett, als seine Mutter nach Hause kam.

Sie kam zu ihm ins Zimmer und setzte sich auf den Bettrand.

Obwohl er ihr den Rücken zukehrte und die Augen geschlossen hatte, fing sie mit ihm zu reden an:

»Randi hat nur ein bisschen zu viel getrunken.«

»Du brauchst sie nicht zu entschuldigen«, murmelte Emil immerhin so laut, dass er sie hörte.

»Da sagt sie Dinge, die sie gar nicht so meint«, fuhr die Mutter fort.

»Randi sagt immer, was sie meint«, widersprach Emil.

»Nichts von dem, was sie sagt, muss wahr sein, Emil.«

Emil drehte sich langsam zu seiner Mutter um. Es war dunkel im Raum, so dunkel, dass sie einander nicht in die Augen zu sehen brauchten.

Emil sagte:

»Vielleicht ist alles wahr!«

»Was denn?«

»Dass ich meinem Vater ähnlich bin. Dass ich mich nicht nützlich mache. Wahr, dass ich überhaupt nichts mache.«

»Emil!«, sagte die Mutter nur.

Emil sprach in dem dunklen Raum weiter mit ihr:

»Vielleicht ist es wahr, dass Vater nicht an uns gedacht hat. Wahr, dass er einfach verschwand, ohne sich weiter Gedanken um uns zu machen.«

Die Mutter erhob sich, sagte kurz:

»So dürfen wir beide nie denken, Emil!«

Und fügte, als sie in der Türöffnung stand, hinzu:

»Randi braucht Trost. Sie braucht jemanden, der sich ein bisschen um sie kümmert. Sie fühlt sich so allein, Emil. Sie hat keinen, mit dem sie reden kann ... Und du weißt ja, Laila ...«

Verdammt, verdammt, verdammt, dachte Emil und hoffte, dass er seine Mutter nie in dem neuen Unterrock zu sehen bekäme.

Die Mutter war angezogen, als Emil am nächsten Morgen, dem ersten Weihnachtsfeiertag, aufstand.

Sie hatte schon abgewaschen, hatte den Tisch fürs Weihnachtsfrühstück gedeckt. Käse und geräucherter Schinken und Eier und Sardellen standen auf dem Tisch. Keiner von ihnen erwähnte, dass ein kaltes Rippchen auch gut geschmeckt hätte. Aber die Mutter sagte, mit dem neuen Kamm könne man sich gut kämmen, und Emil zeigte ihr, dass er die neuen Strümpfe angezogen hatte. Darüber, dass Randi zu Besuch gewesen war, sprachen sie nicht.

Einige Tage nach Weihnachten klingelte es an der Tür.

Emil machte auf.

Draußen stand ein Junge. Er war etwas jünger als er selbst.

Emil kannte ihn nicht. Hatte ihn noch nie gesehen. Trotzdem kannte der andere Emils Namen:

»Du heißt Emil, nicht wahr?«

Emil hatte keinen Grund es abzustreiten.

»Mein Vater schickt mich«, sagte der Junge, ohne zu sagen, wie er selbst hieß.

Emil verstand nicht.

»Du kannst Montag anfangen«, erklärte der Junge.

Emil wurde dadurch nicht wesentlich klüger:

»Anfangen?«, stotterte er.

»Bei meinem Vater.«

»Bei deinem Vater?«

»Im Laden.«

»Im Laden?«

»Arbeit!«

Emil musste den Kopf schütteln:

»Arbeit?«

Der andere verlor die Geduld:

»Hast du kein Interesse an Arbeit?«

Emil versuchte zu nicken.

»Er hat nämlich gesagt, wenn du notwendig ...«, versuchte der Junge weiter zu erklären.

»Wer hat gesagt ...?«

» ... und wenn eine Stelle frei wird ...«

»Wer denn?«

»Dein Vater eben!«

1958

Alle Menschen müssten etwas Eigenes für sich behalten dürfen. Auch die Personen, von denen in Büchern die Rede ist, sollten einige ihrer kleinen Geheimnisse bewahren dürfen. Jeder erlebt doch ab und zu etwas, das er anderen nicht erzählen möchte. Trotzdem soll hier erzählt werden, dass Emil entdeckte, wie seine Mutter eines Abends nackt in der Küche stand. Vermutlich dachte sie, dass er längst in seinem Zimmer schlief. Aber Emil war aufgewacht und wollte sich barfuß leise ein Glas Wasser holen. Als er seine Mutter durch den schmalen Türspalt wahrnahm, blieb er stehen und spähte zu ihr hinein.

Die Vorhänge waren fest zugezogen. Sie war wohl ganz sicher, dass niemand sie sehen konnte.

Die Kleider hatte sie einfach zu Boden fallen lassen.

Das einzige, was sie anhatte, war das schwarze Florband.

Es war so fest um den nackten Arm gebunden, dass sie es nicht ohne weiteres herunterbekam.

Sie stand direkt unter der Deckenlampe und warf keinen Schatten an die Wand.

Ihr Schatten lag nur wie ein kleines Häufchen zu ihren Füßen und für einen Augenblick sah es aus, als wolle sie darauf treten.

Aber sie blieb ruhig stehen, bewegte sich fast nicht. Es war, als fürchte sie diese kleine Spur ihrer selbst zu beschädigen.

Sie streckte nur die Arme aus.

Sah ihre Arme an.

Erst den mit dem schwarzen Band.

Sah ihn lange an.

Danach den anderen Arm.

Sah ihn vielleicht noch länger an.

Dann blieb sie lange Zeit mit erhobenen Armen stehen.

Fast unbeweglich stand sie mit ausgestreckten Armen nackt in der Küche.

Emil hielt den Atem an, um sicher zu sein, dass die Mutter ihn nicht wahrnahm.

Da hörte er sie leise sagen:

»Wer braucht mich denn jetzt noch?«

Sie ließ die Arme langsam sinken.

Und Emil schlich rasch zurück in sein Zimmer.

Mehr geschah nicht.

Vielleicht war es gar nicht der Erwähnung wert.

Und als Emil am nächsten Morgen aufwachte, war er nicht sicher, ob es vielleicht nur ein Traum gewesen war.

Der Kaufmann

»Ja, ja«, sagte der Kaufmann.

»Jaja«, sagte er noch einmal und betonte das kleine Wort ganz besonders. »Jaja … dein Vater und ich. Erik weiß sehr wohl, wer er ist.«

»Ich kenne deinen Vater schon lange«, fuhr er fort. …

»Obwohl ich ihn in der Zeit danach kaum gesehen habe.«

Für ihn ist die Zeit jetzt zu Ende, dachte Emil.

Der Kaufmann sagte:

»Er hat nie erzählt, dass er verheiratet ist.«

»Damals war er noch nicht verheiratet«, sagte Emil.

»Ich habe nicht einmal geahnt, dass er einen Sohn hat.«

Das hat er zu der Zeit ja nicht einmal selbst gewusst, dachte Emil.

»Wir waren da unten in Deutschland die ganze Zeit in der gleichen Baracke. Nicht selten haben wir sogar das Bett geteilt. Wir teilten das Essen, wenn wir zusätzlich etwas bekommen hatten. Doch. Wir teilten das, was wir hatten, mit anderen.

Aber …«, sagte der Kaufmann und überlegte eine Weile. »Aber die Gedanken? … Haben wir die auch miteinander geteilt …? Vielleicht die Träume. Vielleicht die Albträume. Aber die Gedanken? Die wollten wir wohl ganz für uns allein haben … Die eigentlichen Gedanken, die Gedanken im Inneren … Möglich, dass wir so taten, als teilten wir sie miteinander. Aber …«

Der Kaufmann sah Emil in die Augen, während er sprach.

Emil sah, dass er viele Lachfalten hatte. Es waren gutmütige Falten, wie Lachfalten das immer sind, und er bekam Lust, den Mann auch anzulächeln, obwohl sie zusammen über ernste Dinge gesprochen hatten.

Es könnte die leise Stimme des Kaufmanns gewesen sein.

Es könnte sein milder Blick gewesen sein.

Es könnten die sanften Kopfbewegungen beim Reden gewesen sein.

Oder es könnte auch alles zusammen gewesen sein.

Denn Emil fühlte eine echte kleine Freude in sich.

Die Freude zeigte sich ganz deutlich, als er den Kaufmann erzählen hörte: »Ich war erfreut und auch überrascht, als er hierher kam ... Irgendwann im Spätsommer ... Oder war bereits Herbst? September?«

Nachdem er auf der Bank gewesen war, dachte Emil.

Und musste sich ein wenig drehen.

»Er kam her, um zu fragen, ob ich Arbeit für dich hätte«, erzählte der Kaufmann. »Und jetzt entschuldige bitte, Emil, dass es so lange gedauert hat.«

Emil schüttelte den Kopf; da gab es doch nichts zu entschuldigen.

Lachfältchen verschwinden nicht wie Tau in der Sonne und die Falten des Kaufmanns blieben noch sichtbar, als er sagte:

»Aber wie konnte ich wissen ... ehe du mir erzählt hast ... dass er ... dass er ... dass ...«

Ein schlimmes Wort sollte ausgesprochen werden.

Emil wusste, dass er es aushalten würde, wenn der Kaufmann das Wort aussprach.

Der Kaufmann sagte.

» ... dass er ... hinübergegangen ist.«

Genau das hat er getan, dachte Emil. *Hinübergegangen.*

»Ich freue mich«, sagte der Kaufmann. »Dass du diese Arbeit bei mir machen willst.«

Emil wollte zeigen, dass er sich in diesem Augenblick auch freute. Es gab keinen Grund, das Lächeln zu verbergen, das ihn schon lange in den Mundwinkeln gekitzelt hatte.

»Ich tue es für dich«, sagte der Kaufmann. »Aber ich tue es ebenso für deinen Vater.«

»Wir schulden einander viele Dienste«, fuhr er fort und sah Emil jetzt nicht mehr an. Er sah sich um, als gäbe es noch viele andere Menschen im Raum, obwohl sie beide doch ganz allein waren.

»Wir ...«, wiederholte er. »Wir schulden einander Dienste ... wir, die wir überlebt haben.«

Wieder schaute er Emil in die Augen, diesmal aber ohne zu lächeln.

»Deine Entlohnung, Emil ... Den Lohn haben wir nicht vereinbart.«

Über den Lohn können wir ein andermal reden, dachte Emil.

»Aber wir werden uns schon einigen«, sagte der Kaufmann.

Emil nickte zustimmend.

Wegen des Lohnes wird es schon eine Lösung geben, dachte er, wollte aber nicht so ernst werden wie der Kaufmann.

Ein Sparbuch.

Einen Job.

Und einen Vater.

Dachte Emil. Ihm wurde ganz schwindlig bei dem Gedanken.

Der Laden war neu und ganz modern eingerichtet. So modern, dass Emil wie viele andere Menschen noch gar nicht an derartige Geschäfte gewöhnt war.

Er wollte sich dem Kaufmann gegenüber nicht äußern, aber er hielt es mit denen, die lieber in Geschäften mit richtigen Ladentischen einkauften, wo die Verkäufer sich auf der einen und die Kunden auf der anderen Seite befanden.

Diese Selbstbedienungsläden sind nur eine neumodische Erfindung, um vertrauensseligen Kunden mehr Geld aus der Tasche zu locken, sagten die Leute.

Selbstbedienung?, sagten sie und schüttelten die Köpfe.

In einem Laden, in dem man sich nicht auskennt, braucht man doch viel länger zum Einkaufen, bis man gefunden hat, was man sucht.

Selbstbedienung?, wiederholten sie und schüttelten noch einmal den Kopf.

Warum sollen wir uns selbst bedienen?

Bezahlen wir nicht auch für den Kundendienst?

Nein, sagten die Leute und nickten heftig, um zu zeigen, dass sie die Wahrheit sagten: Solche Geschäfte werden sich nicht durchsetzen. Wir wollen in den guten alten Läden einkaufen. Jetzt und in Zukunft.

Dass ein Kommis-für-alles auch alles Mögliche können musste, begriff Emil schnell.

»Ehrlichkeit!«, sagte der Kaufmann. »Das ist unser erstes Gebot!«

Das hörte sich nicht so schwierig an, fand Emil. Er war immer ehrlich gewesen, dachte er. Abgesehen von den Anleihen aus Mutters Glas. Aber das gehörte für ihn nicht so richtig dazu.

»Saubere, ordentliche Kleidung!«

Emil beschloss, Socken und Unterhose ein wenig öfter zu wechseln. Schon bevor die Mutter ihn darauf aufmerksam machte.

»Immer ein Lächeln!«

Als Emil vor dem Spiegel stand und ein ansprechendes Lächeln einübte, fand er, dass es immer gleich albern aussah. Außerdem bekam er fast einen Krampf im Gesicht, wenn er eine Weile so dagestanden hatte.

Er studierte die Fotos von Filmstars und tröstete sich mit dem Gedanken, dass Übung den Meister macht.

Emil musste leere Flaschen aus dem Laden ins Lager tragen.

Das war eine der wichtigsten Aufgaben für einen Jungen für alles.

Er musste volle Flaschen aus dem Lager in die Regale einordnen. Musste genau darauf achten, dass sie ordentlich in einer Reihe standen und die Etiketts immer nach vorn zeigten.

Er musste immer aufmerksam nachsehen, ob in den Regalen, an denen er vorbeikam, etwas fehlte, und er musste aufpassen, dass die neuen Waren auch an den richtigen Platz kamen.

Er wog Zucker oder Mehl kiloweise ab. Schrieb den Namen der Ware und den richtigen Preis in schöner Schrift außen auf die Tüten.

Und obwohl es ihm nicht behagte, musste er es tun: nachsehen, ob irgendwo Staub lag, und einen feuchten Lappen nehmen, wenn er einen Fleck entdeckte.

Das Schlimmste war, wenn er Damenbinden in graues Papier einpacken und durch das ganze Geschäft tragen musste, so dass alle – auch Jungen seines eigenen Alters – es sehen konnten.

Da war es doch viel angenehmer, Kaffee zu mahlen.

Der frisch gemahlene Bohnenkaffee roch besonders gut. Wenn keiner es sah, steckte Emil die Nase tief in die Tüte und atmete den Duft ein.

Einmal steckte er eine Kaffeebohne in den Mund. Es war nicht unehrlich gemeint, aber er bekam seine Strafe. Er bekam die trockenen Krümel in die falsche Kehle, er hustete und räusperte sich den halben Tag, hatte Tränen in den Augen und einen bitteren Geschmack im Mund.

Er griff nie in die Kandis-Schublade, obwohl das weitaus verlockender war als Kaffee, den er eigentlich gar nicht mochte. Kandiszucker war etwas so Leckeres, dass er nach Unehrlichkeit schmeckte.

Es war fast unheimlich, hinunter ins Käselager zu gehen; dort war es kalt, ziemlich dunkel, und an der Wand hingen riesige Messer. Die Käselaibe lagen wie große, gelbe Autoräder dort und Emil musste sie abwischen und oftmals auch Schimmel wegkratzen, der sich auf der Rinde gebildet hatte.

Zunächst hatte er die Nase gerümpft.

Der Kaufmann lächelte ihn an.

»Durch den Schimmel reift der Käse«, erklärte er. »Das muss so sein. Aber den Kunden sagen wir das nicht. Dass Käse ohne Schimmel kein richtiger Käse ist.«

Emil hatte keine Erlaubnis, den Käse anzuschneiden oder zu zerteilen. Das durfte nur der Kaufmann selbst tun. Er teilte die Laibe in viele kleine Dreiecke. Emil durfte sie dann in Folie einpacken und den Preis draufschreiben.

Die Mittelstücke legte der Kaufmann beiseite.

»Alle wollen immer die Mittelstücke haben«, sagte er. »Wenn jemand danach fragt, musst du sagen, dass wir keine haben. Es können nicht alle alles bekommen. Drum legen wir sie weg und geben sie nur unseren allerbesten Kunden, solchen, die uns besonders wichtig sind.

Die besten Kunden sind die treuen Kunden«, sagte der Kaufmann. »Diejenigen, die immer wiederkommen. Die, die sich gar nicht vorstellen können, anderswo zu kaufen.«

Er beauftragte Emil, auf treulose Kunden besonders zu achten; auf solche, die auch bei der Konkurrenz einkauften.

»Niemals ein Mittelstück für sie!«, mahnte er.

Am unbeliebtesten waren die Kunden, die auch im Konsum weiter unten in der Straße kauften.

Der Kaufmann schnaubte, wenn ihm das Wort *Konsum* auch nur über die Lippen kam.

»Eine Erfindung der Arbeiterpartei!«, wetterte er. »Kommunisten! Sozialisten! Das sind Menschen, die den freien Kaufmann ruinieren. Das sind Personen, die Privatinitiative untergraben. Was soll aus einer Nation werden ohne den Stand der unabhängigen Kaufmannschaft?«, erklärte er, rot im Gesicht.

Emil versuchte zu verstehen.

Versuchte zumindest, die neuen Wörter zu verstehen.

Es war eigentlich unglaublich, was ein Kommis-für-alles sich merken musste.

»Unehrlichkeit!«, sagte der Kaufmann. »Es gibt Menschen, die den Unterschied zwischen Mein und Dein nicht kennen. Sie stehlen, Emil!«

»Deshalb musst du jeden Finger im Auge behalten! – Aber die Kunden dürfen es nicht merken! Jeder muss das Gefühl haben, hier willkommen zu sein. Bis der Gegenbeweis erbracht ist. ... Wie zum Beispiel bei Frau Martinsen!«, erklärte der Kaufmann.

Frau Martinsen war eine gute Kundin gewesen. Ganz reizend. Ihrem Charme konnte man leicht erliegen. Immer höflich und noch dazu gut verheiratet. Wohlerzogene Kinder. Der Mann hatte eine gute Stellung, musste aber wie alle anderen fleißig arbeiten ... »Der arme Mann!«, sagte der Kaufmann und wischte sich den Schweiß von der Stirn.

»Wenn Herr Martinsen das gewusst hätte!«

Frau Martinsen gab ihren Korb nie am Eingang ab. Anfangs nahm niemand Notiz davon. Sie hatte selbst darum gebeten, ihn mit durch den Laden nehmen zu dürfen. Weil sie ihr Geld darin aufbewahrte, hatte sie gesagt, und das wollte sie verständlicherweise nicht unbeaufsichtigt lassen. Frau Martinsen hatte auch eine sehr gepflegte Sprache. Zunächst war nichts an ihr auszusetzen.

Wenn es draußen kalt war, trug sie einen Pelzmantel, der allerdings nicht echt war.

Sie war also eine wirklich gute Kundin und zu Anfang war der Einkaufskorb immer voll. Mit der Zeit aber wurde der Inhalt immer geringer. Und schließlich war der Korb fast leer, wenn sie an die Kasse kam, um zu bezahlen.

»Ich fürchtete schon das Schlimmste«, sagte der Kaufmann. »Dass sie nämlich in den Konsum gewechselt hat.«

Aber dann wurde sie entlarvt. Auf frischer Tat ertappt. Kein Irrtum war möglich.

Eines Tages hatte der Kaufmann gesehen, wie sie ein Paket Waschpulver in ihren Korb gesteckt hatte.

Er folgte ihr unauffällig zur Kasse, sah, dass sie nur für ein Viertel Kilo Kaffee und zwei Liter Milch bezahlte.

»Und was ist mit dem Waschpulver, Frau Martinsen? Wollen Sie Ihr Waschpulver nicht auch bezahlen?«

Sie nahm die Packung freiwillig aus dem Korb. Entschuldigte sich vielmals. Sagte, sie müsse das aus purer Vergesslichkeit in den falschen Korb gesteckt haben. Sagte, sie lege eigentlich gar keinen so großen Wert auf gerade diese Marke. Als würde das die Sache besser machen.

Es war nicht schwer zu erkennen, dass sie kein reines Gewissen hatte. Ihr Korb war angefüllt mit gestohlenen Waren.

Sogar ein Mittelstück Gouda-Käse war darunter, wer immer ihr das gegeben haben mochte. Nein, man muss sehr vorsichtig damit sein, wem man die Mittelstücke gibt!

Niemand hatte Frau Martinsen geglaubt, als sie beteuerte, dass sie heute zum ersten Mal vergessen habe, ihre Einkäufe zu bezahlen. Sie sagte, sie müsse ganz in Gedanken gewesen sein, sie habe an so schrecklich vieles zu denken.

Aber sie hatte zu weinen begonnen, als der Kaufmann ihr vor den anderen Kunden sagte, er wolle sie nie wieder in seinem Geschäft sehen.

»Und jetzt geht sie eben in den Konsum«, sagte der Kaufmann und fing plötzlich zu lachen an.

»Und damit haben die Sozialdemokraten sich noch ein Problem geschaffen. Im Konsum kann sie sich meinetwegen mit so vielen Waren bedienen, wie sie nur will. Die verdienen dort keine anständigen Kunden. Und weißt du was, Emil? Im Konsum verkaufen sie die mittleren Käsestücke gar nicht. Die behalten die Chefs für sich. Nein, das sind die Geschäfte, die sich nicht halten werden.«

Emil wollte nicht glauben, was er da hörte. Er dachte, das könne nicht wahr sein.

Doch hin und wieder hörte er die *Melodie des Meermannes* in den dunkelsten Ecken des Lagerkellers erklingen.

Er dachte, es werde wohl so sein, dass sich die Melodie in seinem Inneren festgesetzt hatte, und er versuchte sie abzuschütteln.

Trotzdem kam die Melodie zurück.

»Ich habe deinen Vater während der ganzen Kriegszeit gekannt«, erzählte der Kaufmann. »Wir wurden in derselben Nacht verhaftet. Wir wurden mit demselben Schiff nach Deutschland transportiert. Im selben Zug ins Lager gebracht. Und wir saßen auf dem Rückweg über Schweden und in die Freiheit im selben Bus. Wir kamen gleichzeitig nach Oslo.

Vieles sieht gleich aus. Aber wir waren wohl recht verschieden. Sehr ungleich.

Irgendwie bin ich nie richtig klug aus ihm geworden.«

Mein Vater war wohl auch nie richtig klug, dachte Emil.

»Er war mir immer ein Rätsel«, sagte der Kaufmann.

Normale Rätsel kann man lösen, dachte Emil.

Auch die Frau des Kaufmanns arbeitete einige Tage in der Woche im Laden mit, zumindest an den Wochenenden.

Der Kaufmann und seine Frau hatten zwei Söhne.

Der eine, der damals auch mit der Nachricht von der Arbeitsstelle zu Emil gekommen war, war drei Jahre jünger als Emil. Der andere war zwei Jahre älter. Daher sprach Emil mit keinem von beiden allzu oft.

»Wenn ich keine Frau gehabt hätte und keinen Sohn, ich weiß nicht, ob ich den Krieg überstanden hätte«, sagte der Kaufmann ... »An diese beiden habe ich immerzu gedacht. Ich habe oft die Hände gefaltet und mir gesagt: Ich will, will, *will* sie wieder sehen.«

»Wir haben alle an die gedacht, die zu Hause waren«, sagte der Kaufmann. ... »Und wir haben viel von ihnen gesprochen.«

»Mein Vater auch?«

Emil meinte mit dem Kaufmann jetzt so gut bekannt zu sein, dass er diese Frage zu stellen wagte.

»Möglicherweise hat er deine Mutter erwähnt. Wie heißt sie noch?«

»Elise«, erwiderte Emil.

»Ich habe sie nie kennen gelernt. Vielleicht kannst du es einrichten, dass ich sie eines Tages besuche?«

Emil nickte, meinte aber das Gegenteil.

Seine Mutter hatte nichts mit seiner Arbeitsstelle zu tun.

»Ich begreife nicht, wie du das fertig gebracht hast!«, sagte Emils Mutter. »Wie hast du es geschafft, bei diesem Kaufmann einen Job zu kriegen? Und ich dachte, du treibst dich einfach auf der Straße herum, ohne nachzudenken, was du tun könntest! So sehr konnte ich mich also irren!«

Und sie fügte hinzu:

»Inzwischen bist du also so etwas wie ein erwachsener Mann geworden!«

Sie klopfte ihm freundschaftlich auf die Schulter, lächelte aber dabei und es war unschwer zu erkennen, dass sie nur scherzte.

»Bist du einfach nur so in dieses Geschäft gegangen und hast nachgefragt?«, wollte sie wissen.

Emil nickte ein wenig, so wenig, dass sie es vielleicht gar nicht als ein Nicken erkannte. Wollte nicht gerade lügen, aber …

»Und dann hast du diese Stellung sofort bekommen …!«

Er brauchte nicht mehr als nötig zu lügen:

»Nein … Nicht sofort … Es war wohl im Sommer … Im August oder so …«, zögerte er.

»Und dann ist es dir gelungen, es mir den ganzen Herbst und Winter zu verheimlichen …?«

Emil wusste nicht, ob er jetzt nicken oder den Kopf schütteln sollte.

»Du hättest mir das längst erzählen sollen«, sagte die Mutter. »Das hätte mir manchen Kummer erspart … Ich hätte ganz anders von dir gedacht.«

»Oder eigentlich nein«, sagte sie. »Es ist schön, dass du es nicht getan hast. Dadurch ist die Überraschung umso größer und ich freue mich viel mehr.«

Die Mutter nahm seine beiden Hände in ihre und es war kein Scherz, als sie sagte: »Ich bin stolz auf dich, Emil!«

Ebenso ernst sagte sie: »Das hätte dein Vater erleben müssen!«

Sie rückte das breite schwarze Band an ihrem Ärmel zurecht: »So etwas hätte er nie …«

Sie unterbrach sich: »Nein, wir wollen nicht hässlich reden über die …«

Unterbrach sich noch einmal und es war, als warte sie auf Schritte draußen im Treppenhaus.

Emil schüttelte den Kopf eindeutig.

»Nein«, sagte er zu ihr. »So darf niemand reden.«

Und er empfand es wie eine Lüge, was er da sagte.

Emil freute sich jeden Morgen auf den Laden. Der Kaufmann war so etwas wie ein Tausendsassa. Er konnte nicht nur gut mit Geld umgehen. Denn trotz der düsteren Voraussagen über die Zukunft des Ladens ging er wirklich gut. Wenn der Kaufmann nachmittags Kasse machte, waren durch sein Lächeln die gutmütigen Fältchen um die Augen deutlicher zu sehen als früher am Tag. Und er lobte alle für die gute Arbeit, die sie geleistet hatten. Auch Emil bekam seinen Teil des Lobes ab, so unerfahren er sich auch vorkam.

Aber der Kaufmann hatte noch andere Talente, als das Geld zu vermehren, denn er konnte auch zaubern wie ein echter Zauberkünstler.

Er konnte Silbermünzen plötzlich verschwinden lassen, um sie dann sich selbst oder anderen aus der Nase zu ziehen. Er konnte aus dem Hut eines Kunden ein Ei hervorholen. Oder er schluckte eine glimmende Zigarette und gleich darauf kam Rauch aus beiden Ohren. Er konnte Wasser in eine alte Zeitung gießen, sie zusammenfalten, mit fremdländischem Tonfall *Simsalabim* sagen und Bier aus der Zeitung ausschenken. Emil durfte es selbst kosten, aber es war wohl nur Flaschenbier.

Der Kaufmann behauptete, er könne Wasser in echten Kognak verwandeln, aber daran wollte niemand so recht glauben.

»Zirkus!«, sagte der Kaufmann. »Ein Laden muss auch so etwas wie ein Zirkus sein! Man muss den Geruch von Sägespänen in der Nase haben!«

Er zauberte und alberte und redete dummes Zeug mit den Kunden, dass das Gelächter zwischen den Regalen mit Scheuermitteln, Suppenwürfeln, Erbsendosen und Babyseife widerhallte, und bestimmt war es bis hinaus auf die Straße zu hören.

»Hast du im Konsum jemals jemanden lachen hören?«, zwinkerte er Emil zu.

Nein, das hatte Emil nicht.

Er mochte nicht einmal zugeben, dass er früher in einer Konsumfiliale eingekauft hatte.

Doch ab sofort wollte er nie wieder einen Fuß in eines dieser Geschäfte setzen.

Ein Mal, aber wirklich nur ein einziges Mal, meinte Emil Tränen fließen zu hören.
Es waren nicht viele Tränen.
Nur einige wenige.
Können Wände denn weinen?, dachte Emil.

Am meisten freute Emil sich auf die Feiertage und Samstage.

Da wurden Waren ausgeliefert, die die Kunden telefonisch bestellt hatten.

Emil durfte den Chauffeur des kleinen Kastenwagens begleiten.

Wenn die Kiste mit den Waren nicht zu schwer war, trug Emil sie allein die Treppen hinauf. Der Chauffeur sagte, er könne das Trinkgeld für sich behalten, wenn er welches bekäme. Aber Emil traf nur auf geizige Kunden, die meinten, sie hätten schon genug für die Waren bezahlt, und so bekam er nur selten etwas für die eigene Tasche.

Wenn die Kiste so schwer war, dass die beiden sie gemeinsam tragen mussten, teilten sie das Geld, wenn sie welches bekamen. Aber es war dann immer ein kümmerlicher Betrag.

Wenn der Chauffeur behauptete, Emil müsse sich ein Weilchen ausruhen, und er könne das schwere Zeug ohne weiteres selbst tragen, wusste Emil sofort, dass es sich hier um freigiebigere Kunden handeln musste, obwohl nie etwas für ihn abfiel.

So ist es wohl auch am gerechtesten, dachte Emil und nahm die ungleiche Behandlung hin. Er war ja doch der Jüngere von beiden und hatte noch eine Menge zu lernen.

Außerdem gelang es ihm nie, das wenige, das er bekommen hatte, zu sparen. Er hatte auf dem Heimweg immer Lust auf Süßigkeiten.

Es war sein eigenes Geld, das er verwenden durfte, wie er selbst wollte. Und es hatte schließlich keine Eile, die alten Schulden in Mutters schönes Glas zurückzulegen. Das konnte bis zum ersten richtigen Zahltag warten.

Ein anderes Mal glaubte Emil Blutstropfen fallen zu hören.

Er konnte Blut auf den Fußboden tropfen hören.

Aber er war sich nicht sicher, ob er richtig gehört hatte. Er hatte bisher nie wirklich Blut auf den Boden fallen hören.

25. Januar 1958

Der letzte Samstag im Monat und Emils erster wohlverdienter Zahltag.

Es ging so vor sich, wie der Kaufmann es das ganze Jahr hindurch an allen Zahltagen hielt: mit fröhlicher Musik.

Der Kaufmann konnte nämlich auch Ziehharmonika spielen. Und so wurden die Zahltage jedes Mal zu Festtagen.

Der Lagerraum wurde zum Festsaal.

Es waren nicht nur Festtage für den Kaufmann selbst, der die Löhne ausbezahlte. Nicht nur für seine Frau, die das Geld vorgezählt hatte. Nicht nur für die beiden Söhne, die an diesen Tagen immer in den Laden kamen.

Es waren auch Festtage für die Kassiererin, den Chauffeur, für den Lagerarbeiter, die Käseverkäuferin und die Putzfrau. Und für deren Frauen und Männer oder Verlobte, die alle nach Geschäftsschluss kamen. Wer Kinder hatte, durfte auch sie mitbringen.

Sie tranken Bier. Wer dafür noch zu jung war, trank Cola oder Brause.

Alle, ob jung, ob alt, stießen miteinander an.

Ein solcher Samstagnachmittag war nicht nur der Anfang eines gewöhnlichen Feierabends. Der Auftakt zu einem Wochenende mit einer vollen und noch ungeöffneten Lohntüte war mehr als nur ein Prosit wert.

Der Kaufmann erzählte gute Geschichten.

Er zauberte.

An solchen Nachmittagen konnte man das Gelächter aus dem Lager bis hinaus auf die Straße hören. Und man hörte das Ziehharmonikaspiel des Kaufmanns und den Rundgesang.

Emil saß auf einer leeren Milchkiste und hörte dem Kaufmann zu, der *»Ja, ein Seemann liebt den Wellengang, er liebt den Schwall der Wogen«* schöner sang, als er es je gehört hatte.

Erst wenn sie zu der Stelle kamen:

»Lebwohl, lebwohl, du schönstes Kind, wir kommen wohl bald zurücke,«

wagte Emil auch mitzusingen und er schunkelte im Takt mit den andern.

Sie hielten einander bei den Händen und sangen immer und immer lauter und lauter:

»LEBWOHL! LEBWOHL!«

als wäre dies das allerletzte Wort, bevor sie sich trennten, und jeder zu sich nach Hause ging.

Emil hatte gar nicht bemerkt, dass der jüngste Sohn des Kaufmanns sich neben ihn auf die Milchkiste gesetzt hatte. Er nahm ihn erst wahr, als er ihn unterfasste und mit ihm zusammen zu der Melodie schunkeln wollte.

Er lächelte Emil an.

Emil rang sich diesem Jungen gegenüber, an dessen Namen er sich nicht einmal erinnerte, auch ein Lächeln ab.

Der Junge hieß Tore.

»Ein Hoch auf die Familie!«, rief der Kaufmann aus, während die Seemannsmelodie noch durch den Lagerraum hallte.

»Es lebe die zuverlässige Familie! Es lebe die gute Familie!«

Alle, die noch etwas im Glas hatten, prosteten einander noch einmal zu.

Der Chauffeur wollte eine weitere Flasche öffnen, ließ es aber bleiben, als die Käseverkäuferin ihm einen »alles-mit-Maß-und-Ziel-Blick« zuwarf.

»Denn«, sagte der Kaufmann. »Hier in unserm Geschäft leben wir von den Familien!«

Und alle gingen sie einer nach dem anderen ins Büro und holten sich ihren weißen Umschlag mit dem Monatslohn, jenem Geld, das sie durch die zuverlässigen und guten Familien verdient hatten.

Emil war der Jüngste und musste bis zum Schluss warten.

Er machte eine Verbeugung und fürchtete, seine Hände würden so sehr zittern, dass er den Empfang des Geldes nicht mit seiner Unterschrift bestätigen könnte: *EMIL ALM*.

»Ich hoffe, du bist zufrieden, Emil«, sagte der Kaufmann.

Emil nickte so tief, dass es fast wie eine weitere Verbeugung aussah.

Er hatte noch nicht nachgesehen, wie viel Geld in dem Umschlag war. Aber er hatte sicher guten Grund, zufrieden zu sein.

»Ich hoffe, du verwendest dein Geld vernünftig.«

Ein schwaches Nicken.

Das Sparbuch.

Ja.

»Du bist glücklich dran, Emil. Ein junger Mann wie du hat keine alten Schulden zu begleichen.«

Ein noch schwächeres Nicken.

Mutters Glas.

Nun ja, aber …

»Ich wünschte, ich könnte dir Grüße an deinen Vater auftragen und ihm auch ein schönes Wochenende wünschen«, sagte der Kaufmann. »Du weißt, mir tut es Leid …«

Der Kaufmann muss ein guter Mensch sein, dachte Emil. Und er ist Vater.

Als Emil nach Hause kam, stand seine Mutter einfach so in dem Unterrock da, den sie zu Weihnachten bekommen hatte. Er spürte sofort, dass etwas nicht stimmte.

Er ging gleich in sein Zimmer. Wollte ihr Zeit lassen, sich ordentlich anzuziehen. Legte sich aufs Bett, um sich nach einer ganzen Arbeitswoche ein wenig auszuruhen. Wollte ihr die Zeit lassen, die sie brauchte. Aber das Gefühl von etwas Außergewöhnlichem beunruhigte ihn. Er hörte keine Geräusche von seiner Mutter und sah sich gezwungen hinauszugehen, um nachzusehen, was passiert war.

Nichts war passiert.

Sie hatte sich einfach im Unterrock an den Küchentisch gesetzt.

Sie lächelte ihn an, als wäre nichts geschehen, aber das beruhigte ihn keineswegs.

Sie sagte nichts.

Emil sagte nichts.

Sie sah ihn fragend an.

Er verstand nicht, was sie damit meinen konnte und sah sie ebenso fragend an.

Schließlich konnte sie sich nicht mehr zurückhalten und sagte: »Naaa …!«

Und Emil fragte: » … Naaa?«

»Ja …!«

Sie machte sich irgendwie über ihn lustig.

» … Was?«

Wieder saß sie schweigend mit ihrem fragenden Blick da.

War still und neugierig, bis sie es aussprechen musste: »Wie viel hast du gekriegt?«

Erst tat Emil, als verstünde er nicht: »Gekriegt …?«

»Deinen Lohn!«, sagte die Mutter gerade heraus und er bereute langsam, dass er ihr schon vor einiger Zeit vom Zahltag erzählt hatte. Er hatte sich fast groß getan damit.

»Lass sehen!«, forderte sie ihn mit offener Hand auf.

»Der gehört mir!«, sagte Emil.

»Lass mich wenigstens sehen!«, forderte sie ihn mit lauterer Stimme und mit einer noch offeneren Hand auf.

»Ich habe dich noch nie gebeten, deine Lohntüte sehen zu dürfen!«, sagte Emil.

Aber er war gezwungen, das zu tun, worum sie ihn bat. Die offene Hand forderte es.

Die Mutter sah sich die Zahlen an.

Sie zählte das Geld Krone für Krone nach.

Emil wartete auf ihr Lächeln.

Wartete auf ein gutes Wort von ihr.

Aber sie lächelte nicht.

Es kam kein einziges gutes Wort.

Sie war ernst, als sie sagte:

»Ist das alles?«

»*Alles?* ... Ja!«

Sie sagte:

»Gib Acht, dass du dich nicht ausnützen lässt! Wie kann ich wissen, was für eine Art Mann dieser Kaufmann ist?«

»Er ist ein guter Kaufmann«, konnte Emil ihr berichten.

»Aber nicht so gut, dass er dir eine einzige Krone mehr als nötig bezahlt.«

»Er hätte mir ja überhaupt keine Arbeit geben müssen«, betonte Emil.

Die Mutter war noch immer ernst:

»Und wie viel hast du vor, hier zu Hause abzugeben?«

»Abzugeben ...?«

»Du wirst doch wohl hier zu Hause für dich bezahlen?«

»Zu Hause ...?«

»Du musst auch dazu beitragen, dass hier alles in Schwung bleibt! Meinst du nicht, dass ich mich in all diesen Jahren genug geplagt habe? Dass die Reihe jetzt an dir ...«

Er konnte ihr nicht antworten. Die Mutter hatte sich schon eine Meinung gebildet. Er konnte nicht protestieren. Sie nahm sich, was sie haben wollte.

Emil saß mit wenig mehr als dem bisherigen Taschengeld da.

Ohne daran zu denken, schielte er hinauf zu dem Geheimversteck des bewussten Glases oben auf dem Schrank.

Natürlich musste etwas nicht in Ordnung sein.

Das fühlte er ganz deutlich, als seine Mutter endlich begann sich anzuziehen. Es waren nicht die gewöhnlichen Werktagskleider. Sie holte eines ihrer besten Kleider aus dem Schrank. Es war Emil klar, dass sie sich nicht seinetwegen oder wegen seines ersten Zahltages schönmachte.

Sie sah ihn nicht mehr an. War ganz in ihre eigenen Gedanken versunken.

Mit dem Gefühl, dass da etwas ganz und gar nicht stimmte, musste er sie fragen:

»Was hast du vor …?«

»Was ich vorhabe …?« Das war die einzige Antwort, die er bekam.

Eine Pause entstand, während sie sich die Haare kämmte und sich dabei im Spiegel betrachtete.

»Du weißt doch ganz genau, was ich vorhabe«, sagte sie schließlich.

»Wieso soll ich das wissen?«

»Ich habe es dir schon mehrere Male gesagt …«

»Hast du gar nicht!«

»Ich will doch zu Randi …«

»Nein!« Er schrie es heraus.

Egal, was und wohin sie wollte. Nur nicht zu Randi.

»Nein …! Nein …!«

Die Mutter wandte sich von ihrem Spiegelbild ab und sah ihn überrascht an, sie konnte nicht ernst bleiben:

»Was ist denn los, Emil?«

Sie lächelte ihn jetzt an:

»Meinst du nicht, dass ich erwachsen genug bin, um auf mich aufzupassen?«

Emil wollte nicht antworten.

Beschloss, das Hemd, das er von Randi bekommen hatte, wegzuwerfen, wenn seine Mutter wirklich zu ihr ging. Oder sollte er vielleicht seine Schuhe damit putzen?

»Und du bist groß genug, an einem Samstagabend selbst auf dich aufzupassen, Emil.«

Das beruhigte ihn keineswegs.

»Wir sind hier im Haus jetzt zwei erwachsene Menschen mit eigenem Einkommen!«, sagte die Mutter.

Emil kannte Randi.

»Du hast etwas vergessen«, sagte er, als er seine Mutter zur Tür hinauslassen musste.

Sie überprüfte nur, ob ihre Handtasche richtig auf der Schulter hing und der Hut ordentlich saß.

Sie schüttelte den Kopf. »Etwas vergessen?«

Er musste es ihr sagen:

»Das schwarze Band ... Den Trauerflor ...«

Mit gesenktem Kopf ging sie zurück an den Küchentisch, befestigte das Band am Arm.

Sie sagte:

»Ich bin froh, dass du auf mich aufpasst.« Aber es war nicht herauszuhören, ob sie darüber wirklich froh war.

Sie hatte die Tür schon hinter sich geschlossen, öffnete sie aber noch einmal.

»Emil!«

»Ja?«

»Falls jemand kommen sollte ... Wenn du jemand auf der Treppe hörst ... Wenn jemand an der Tür klingelt, meine ich ...«

»Ja?«

»Nein ... du brauchst keinem aufzumachen.«

»Wer sollte denn zu uns kommen?«

»Ja, wer sollte denn zu uns kommen ...«

Dann ging sie.

Emil blieb wieder allein und versuchte, mit seiner inneren Unruhe fertig zu werden.

Entweder lügt sie oder sie weiß nicht, wovon sie redet, dachte Emil.

Er dachte an den Kaufmann.

Ein gewöhnlicher Mensch ist zu gut, um das alles zu ertragen, hatte seine Mutter gesagt.

Ist es möglich, zu überleben und weiter zu leben …

Hatte sie gesagt.

Der Kaufmann, dachte Emil.

Er hat überlebt und lebt weiter.

Man stelle sich vor, er wäre mein Vater gewesen, dachte Emil.

Februar

Emil hatte nicht ein einziges Geldstück in Mutters Glas zurückgelegt. Und er hatte deswegen keine Spur von schlechtem Gewissen. Nicht, nachdem seine Mutter ihm so viel von seinem Lohn weggenommen hatte.

Und außerdem:

Hätte er alles, was er sich geliehen hatte, wieder zurückgezahlt, hätte sie ja gemerkt, dass sich plötzlich allzu viel Geld in dem Glas befand. Und alles wäre aufgeflogen.

Eines Tages arbeitet Emil noch nach Ladenschluss. Es gab Arbeit, zu der er den ganzen Tag nicht gekommen war, neu eingetroffene Waren mussten registriert und ausgepreist werden. Der Kaufmann versprach ihm eine extra Bezahlung und bat ihn, die Hintertür gut abzuschließen, wenn er ging.

Draußen herrschte Winterdunkel und drinnen im Laden waren alle Lichter ausgeschaltet. Aber im Lager hatte Emil, nachdem die andern gegangen waren, sämtliche Lampen brennen. Er fühlte sich dadurch sicherer. Nicht, dass ihm so allein unheimlich gewesen wäre. Er hatte nur Angst, dass er sich fürchten könnte.

Es war mehr Arbeit, als er gedacht hatte, und er ließ sich reichlich Zeit.

Es gefiel ihm, den ganzen Laden für sich zu haben.

Er fühlte sich wichtiger als sonst.

Er spielte mit dem Gedanken, dass eines Tages er das ganze Geschäft übernehmen würde und nicht die beiden Söhne des Kaufmanns.

Als er später als erwartet den letzten Lichtschalter abgedreht und die Hand auf der Klinke der Hintertür liegen hatte, war ihm, als höre er noch einmal die Töne; dass auch in dieser Dunkelheit Töne schwangen.

Wieder war es die *Melodie des Meermanns*, die er hörte.

Aber man konnte doch unmöglich annehmen, dass eine Melodie ihr eigenes Leben lebt und ihn verfolgte, wo immer er sich befand.

Dennoch lauschte er, ging den Tönen nach.

Schaute die dunkle Treppe hinunter in den noch dunkleren Keller.

Überlegte.

Dachte nach, ob er wollte oder nicht wollte.

Sich traute oder nicht traute.

Und ging nur eine Stufe die Treppe hinunter.

Mit dem Rücken zur Wand.

Konnte sich, wenn nötig, schneller drehen.

Noch ein paar Stufen weiter treppab wollte und wagte er.

Drei Stufen.

Stand nun mit einem Bein auf der vierten und einem Bein auf der fünften Stufe. Hörte noch immer, was zu hören er nicht für möglich hielt.

Die *Melodie des Meermanns.*

Setzte beide Füße auf den Kellerboden und starrte ins tiefe Stockdunkel.

Entdeckte einen Lichtschimmer.

Ein schwaches Flackern an der Wand.

Keine Glühwürmchen.

Unvorstellbar, dass es im ganz normalen Lagerkeller eines Kaufmanns Leuchtkäfer gibt.

Er sah eine Ritze an der Wand.

Eine Holzwand, wo es sonst nur Mauern gab.

Ein Verschlag in der Ecke.

Keine Einbildung, kein Traum.

Er hörte die Melodie und sah das Licht, das durch die Ritzen drang, wirklich.

Es musste eine Tür geben. Eine Öffnung nach drinnen.

Aber sie war schwer zu entdecken.

Er suchte mit dem Blick oben und unten die Holzwand ab. Brauchte sich aber nicht besonders anzustrengen.

Langsam schob er die Wand beiseite.

Das Licht traf seine Augen und er sah nur den Schatten einer Menschengestalt auf dem Boden sitzen.

Er hörte seinen Namen: »Emil!«

Und die Frage:

»Kennst du diese Melodie auch?«

Emil nickte, wusste aber nicht, ob es zu sehen war, weil er doch ganz im Dunkeln stand.

Da hörte die Musik auf.

»Diese Melodie hatte ich fast schon vergessen«, sagte der Kaufmann und legte die Ziehharmonika beiseite. »Ist mir erst wieder eingefallen, als ich dir begegnete. Ich habe ein Weilchen daran üben müssen. Dachte, eines Tages wirst du sie zu hören bekommen. Erst wollte ich da oben … Im Lager … An einem Samstagnachmittag … Aber …«

»Ich bin froh, dass Sie das nicht getan haben«, sagte Emil.

»Hab ich mir gedacht«, sagte der Kaufmann und wiederholte: »Hab ich mir gedacht.«

Emil schaute sich in dem kleinen Raum um, den der Kaufmann für sich allein eingerichtet hatte.

»Ich dachte, du bist längst nach Hause gegangen«, sagte der Kaufmann. »Deshalb …«

Es standen nur ein paar Kerzen herum. Ein Regal mit ganz wenigen Gegenständen. Ein Kissen auf dem Fußboden, auf dem der Kaufmann saß. Und die Ziehharmonika.

»Ich kann mich gut daran erinnern, wann ich diese Melodie zum ersten Mal gehört habe«, fuhr der Kaufmann fort. »Als Erik, dein Vater, sie mir vorgesummt hat …«

»Während des Krieges?«, fragte Emil.

»Während des Krieges. Ja. Wir waren schon durch den Fjord unterwegs. Wir wurden mit einem Truppentransporter befördert … Wir … Die Gefangenen, die nach Deutschland sollten, waren im Rumpf des Schiffes untergebracht. Trotzdem ließen sie uns nach einiger Zeit an Deck.«

Der Kaufmann schaute, während er sprach, hinaus in den dunklen Lagerkeller. Als schaue er wieder hinaus auf den dunklen Fjord.

»Da stand dein Vater Erik an der Reling und fing leise an zu singen … diese Melodie …«

»War das draußen vor Bygdö?«, wollte Emil wissen.

»Viel weiter draußen im Fjord. Dort, wo er mit dem Meer zusammentrifft. Wir konnten kaum noch Land sehen. Es verschwand nach und nach hinter uns.«

»So weit draußen bin ich noch nie gewesen«, sagte Emil.

»Deine Zeit wird schon noch kommen«, sagte der Kaufmann. »Und es wird eine völlig andere Reise sein.«

Emil konnte sich genau vorstellen, wie die großen Schiffe an der Halbinsel Bygdö vorbeigefahren waren und hoffte, dass der Kaufmann Recht behalten würde.

»Erik sang einfach so vor sich hin, als wäre nichts … Und die Meeresbrise spielte in seinem Haar. Ich erinnere mich so gut an diese Haare … Ich glaube, ich habe ihm sogar zugelächelt …

Emil! … Wir wussten nicht, wohin man uns bringen würde. Wir ahnten nicht, was uns erwartete. Wir konnten uns nicht vorstellen, wer uns erwartete. Das Einzige, was wir wussten, war …

Wir waren unterwegs zur Arbeit. Unterwegs in ein Lager. Arbeitslager haben sie es genannt. Das Wort schien mit keinerlei Gefahr verbunden …

Oder wir wollten es nicht wahrhaben. Nicht einmal ahnen. Wollten uns nichts vorstellen …

Keiner von uns fürchtete sich davor, irgendwo ordentlich zuzupacken. Wir waren jung. Wir waren stark. Noch hielten wir uns für mutig. Wir waren Menschen. Menschen aus Fleisch und Blut … Glaubten wir … Aber«

Im Schein der Kerzen sah Emil den Kaufmann weinen. Die Tränen liefen ihm über beide Wangen.

Er wischte sie nicht weg.

Er entschuldigte sich nicht.

Aber er sagte:

»Noch nie hat mich jemand weinen sehen. Ich weine nie, wenn jemand zusieht … Aber wenn du schon hierherunter gekommen bist … zu mir … dann kann ich doch nicht plötzlich aufhören …«

Noch immer liefen ihm Tränen über die Wangen, er ließ sie fließen bis auf den Boden.

Emil konnte es hören.

»Ich gehe … ab und zu … hierherunter … wenn meine Gedanken … Erinnerungen … an mich selbst, an Erik, deinen Vater … sich nicht mehr lenken lassen. – Es ist, als weinte ich Blut, Emil.«

So war es zugegangen, als Emil die kleine Kammer entdeckte.

Der Kaufmann selbst nannte sie seine Passionskammer.

Eine Leidenskammer, in der kein Gefühl unterdrückt zu werden brauchte, eine Trauerkammer, in der kein Gefühl verboten war.

Dort saßen Emil und der Kaufmann an vielen Nachmittagen und Abenden; der Kaufmann auf dem Kissen und Emil auf dem harten Steinboden im Schein von nur zwei Kerzen.

Nicht jeden Tag.

Es konnten mehrere Tage vergehen, ehe sie sich nach Ladenschluss wieder trafen. Einmal verging eine ganze Woche.

Dann erzählte der Kaufmann von sich selbst und von Erik.

So wurde Emil auch mit seinem Vater bekannt, dem Mann, mit dem er die meisten Jahre seines Lebens zusammengewohnt hatte und von dem er trotzdem nicht viel wusste.

So hörte er von einer Freundschaft, von einer Nähe, die einmal zwischen zwei Menschen geherrscht hatte. Aber er hörte auch von Zurückhaltung und Scheu.

Emil hörte von dem Krieg, in den er hineingeboren worden war, an den er aber keinerlei Erinnerung hatte. Die Narben waren später entstanden. Er hörte von anderen Menschen aus diesem Krieg, denen er nie begegnet war und denen er nie begegnen würde. Trotzdem waren es Menschen, die über Emils Leben mitbestimmt hatten. Es waren Erinnerungen an Menschen, Erinnerungen, die der Vater an einem Junitag des Jahres 1945 zu Emil und seiner Mutter nach Hause in die kleine Familie in der Leirfallsgata mitgebracht hatte, und die er mit sich herumgeschleppt hatte, bis er an einem Herbsttag des Jahres 1957 fortging.

Tagsüber waren Emil und der Kaufmann schweigsam.

Sie sprachen wohl miteinander, aber nur über Alltäglichkeiten, über das ganz Normale. Das war aber nichts im Vergleich mit dem, was die beiden wirklich miteinander zu reden hatten.

Ohne dass sie es ausgemacht oder auch nur voreinander erwähnt hatten, blieb es ihr gemeinsames Geheimnis.

»Als Erik und ich auf dem finsteren Bootsdeck nebeneinander standen und ich lächeln musste, weil ich ihn leise singen hörte, hätte ich ihm am liebsten den Arm um die Schultern gelegt. Wir hätten wie zwei alte Freunde dort stehen können.

Aber ich beherrschte mich.

Ich war eine solche Nähe unter Männern nicht gewöhnt.

Das Einzige, was ich in meinen Armen gehalten hatte, war die Frau, die ich etwa ein Jahr zuvor geheiratet hatte.

Den Sohn, den ich hatte, den hatte ich kaum jemals im Arm gehabt.

Das war Aufgabe der Mutter.

Aber ich hatte ihn oft auf dem Schoß gehabt.

Irgendwie war mir jetzt leichter.

Seltsam, dass ich gerade in dieser Situation Erleichterung spürte.

Oder vielleicht war es gar nicht so seltsam.

Schwarze See. Es schien an diesem Abend kein Mond. Sterne waren nicht zu sehen. Die Wolken hingen tief. Weiße Schaumkronen auf den Wellen. Und Erik und ich zusammen auf diesem Meer. Wir zwei. Unterwegs. Weg von Althergebrachtem. Unterwegs zu etwas Neuem.

Weder Erik noch ich waren je so weit von zu Hause weg gewesen.

Ich glaube, Erik spürte die gleiche Erleichterung.

Wir spürten Erleichterung, weil wir auf dem Weg fort vom Krieg waren.

Erleichterung, weil wir glaubten, der Krieg wäre für uns zu Ende.

Uns war ja das meiste erspart geblieben.

Erik und ich hatten keine Kämpfe mitgemacht.

Keiner von uns hatte eine Waffe in die Hand genommen.

Wir hatten keine Ahnung, wie ein ums Leben gekommener Mensch aussieht.

Ich spürte Erleichterung, weil ich in Frieden sollte arbeiten dürfen, bis der Krieg auch für die Menschen zu Hause ein Ende hatte.

Kein Krieg dauert ewig, dachte ich.

Ich wusste, wusste, wusste nur, dass ich eines schönen Tages zurückkommen würde.

Ich bin mir gar nicht mehr so sicher, ob Erik das auch wusste.

Ich schlief in dieser Nacht gut.

Ich wollte für die Weiterreise ausgeruht sein.

Wir fuhren einem großen Land entgegen und niemand hatte uns gesagt, wohin in diesem großen Land wir unterwegs waren.

Ein Zug erwartete uns am Hafen.

Ein Zug mit lauter Güterwagen.

Wir bestiegen ihn sofort.

Von der Zugreise kann ich nicht viel berichten.

Nur dass die Waggons alle gerammelt voll Menschen waren.

Sie waren fensterlos. Die Türen waren verriegelt. Man konnte nur dann und wann durch eine Ritze in der Wand einen Blick hinauswerfen. Aber viel zu sehen war nicht. Nur Ebene. Wald. Glitzern von Wasser, vielleicht ein Fluss.

Erik und ich waren die ganze Zeit darauf bedacht, dass wir nebeneinander standen. Wir schauten uns ununterbrochen in die Augen.

Ich meine das wirklich so: schauten einander in die Augen, vielleicht um herauszufinden, was der andere dachte.

Wir sprachen nicht miteinander.

Wir sagten während dieser ganzen Bahnreise kein Wort zueinander.

Jeder dachte sich nur das seine.

Ich habe keine Ahnung, wie lange wir unterwegs waren.

Oder ob wir im Stehen schliefen.

Wie Pferde.

Ich hätte die Pferde, für die die Waggons gebaut waren, nicht darum beneidet, wenn sie so eng hätten beisammenstehen müssen wie wir.

Aber Pferde haben immerhin vier Beine und stehen stabiler als ein Mensch.

Und wieder war ich erleichtert, als der Zug stehen blieb, die Riegel entfernt, die Türen zur Seite geschoben und wir aus diesem Gedränge befreit wurden und glaubten, dass nun das Tageslicht auf uns herabfluten würde.

Wir wurden in einer Sprache angeschrien, die wir nicht verstanden.

Aber wir begriffen immerhin, was die Stimmen von uns wollten.

Weder Erik noch ich waren bisher schon einmal marschiert. Waren nie im Gleichschritt und auf Befehl gegangen. Jetzt mussten wir uns in Reih und Glied aufstellen. In Zweierreihen.

Erik und ich achteten darauf, dass wir nebeneinander blieben.

Wenn ich mich getraut hätte, ich hätte nach Eriks Hand gegriffen, als wir durch das Tor gingen, das in seiner Sprache verkündete, dass Arbeit frei macht.

Unsere Hände berührten sich wie von selbst.

Wäre ich ein Künstler gewesen, ich hätte das gemalt, was nicht geschah:

Zwei Männer, eben diese beiden jungen Männer, die Hand in Hand gingen. Ich hätte sie als zwei Kinder gemalt. Furchtlos. Denn wir wussten nicht, wovor wir uns hätten fürchten sollen. Erstaunt sollten sie sein. Erstaunlich erstaunt. In dem Glauben, dass sie nicht sahen, was sie sahen. Nicht hörten, was sie hörten. Nicht wussten, was sie rochen.

Ich hätte zwei Hände gemalt, die einander so festhielten, dass es beiden wehtat.

Schon in der ersten Nacht teilten wir das Bett.

Wir sahen, wie eng es werden würde, sprachen aber nicht darüber. Noch immer waren wir wie Kinder, wie zwei verlegene Jungen, die sich unter dieselbe Bettdecke legten.

Bevor wir die Augen schlossen, sah ich die Einzelheiten in Eriks Gesicht.

Die hatte ich bisher nicht gesehen.

Wir waren einander nie so nahe gekommen.

Ich sah, wie es in seinen Mundwinkeln zuckte.

Möglich, dass er mich anlächeln wollte, es ist aber auch möglich, dass ich ihm ein Lächeln zu schenken versuchte.

Ich sah seine Nase. Hatte noch nie bemerkt, wie schmal sie war. Fast edel.

Ich sah seine langen und tiefschwarzen Wimpern. Das fand ich eigenartig, denn sein Haar war ja blond und seine Haut hell.

Soweit ich es erkennen konnte, war er ein schöner Mann.

Nur ganz kurz sah ich ihm in die Augen.

Es ist schwer zu erklären, wie ein Lebensfunke aussieht. Aber ich war sicher, dass ich genau den sah.

Noch einmal empfand ich Erleichterung.

Es kam wieder eine Nacht ohne Schlaf.

Wir legten uns Rücken an Rücken und versuchten zu tun, als läge jeder allein in einem Bett.

Und wir hatten Angst einander zu stören.

Ich hörte seinen Atem und er hörte meinen.

Ungewohnte Geräusche für jeden von uns.

Die Bettdecke war zu schmal für zwei.

Ich wollte nicht daran ziehen, um mich besser zuzudecken. Ich kannte ihn ja kaum.

Auch er zog die Decke nicht näher zu sich her.

Wir nahmen es einfach hin und dachten, es würde besser werden, wenn wir uns erst hier auskannten und alles seine Ordnung hatte.

So verging die erste Nacht in dem Lager.«

»Der Blick gewöhnt sich an alles«, sagte der Kaufmann.

»Der Magen gewöhnt sich daran, dass er leer ist. Der Körper«, sagte er. »Der Körper … gewöhnt sich an die Schmerzen.«

Und die Gefühle?

Welchen Weg schlagen sie ein?

Er fasste nach einem Gegenstand in dem Regal.

Es sah nur wie ein alter Lappen aus, aber es war eine Mütze, und er setzte sie auf.

»Das war eins von den letzten Dingen, die ich aus dem Lager mitnahm«, sagte er.

»Es ist nicht zu glauben, was man behalten möchte.«

»Die Bettstelle wurde nicht größer, die Decke wurde nicht breiter, und wenn wir einander nicht mehr atmen hörten, schüttelten wir den anderen. Wir hatten Angst, der andere wäre nicht mehr zu atmen im Stande.

Jeden Tag erwachte jemand mit einem Leichnam an seiner Seite.

Da durfte man das Bett und die Decke dann ein paar Tage für sich behalten, bis ein neuer und fremder Mensch den frei gewordenen Platz einnahm.

Die Kommandos

waren das Erste, was wir lernten.

Und danach die Worte rechts und links.

Wir mussten lernen, in der neuen Sprache zwischen rechts und links zu unterscheiden.

Am ersten Morgen und von da an jeden Morgen liefen wir unsere Runden um das Lager.

Manche liefen in Achterschleifen.

Andere in größeren Kreisen.

Den ganzen Tag liefen wir.

Und alle Tage danach.

Viele, viele Kilometer am Tag.

Nicht, weil wir irgendwohin sollten.

Läuft man im Kreis, kommt man ja immer wieder zum Ausgangspunkt zurück.

Wenn man nicht unterwegs ausfällt.

Auf diese Weise wurden die Schwächeren von den Stärkeren getrennt.

Die Allerschwächsten sahen wir nie wieder.

Erik und ich liefen immer nebeneinander.

Wir behielten einander im Auge.

Wir hatten nicht den Wunsch, einander zu besiegen.

Wir wollten das Ziel, das kein eigentliches Ziel war, gemeinsam erreichen.

Dann konnte niemand oder nichts uns trennen, dachten wir. Ein Tag war wie der andere.

Trotzdem kann ich heute noch fast jeden einzelnen von den anderen unterscheiden.

Auch die Nächte kann ich genau aufzählen.

Nur die Anzahl der Toten weiß ich nicht.

Ich habe gelernt, vor ihnen die Augen zu verschließen, und mit geschlossenen Augen sah ich immer deutlicher meine Frau.

Und meinen Sohn.

Ich sah ihre Gesichter Tag um Tag deutlicher vor mir.

Jede Nacht träumte ich von ihnen, immer denselben Traum.

Meine Frau ließ die Arme hängen und wartete darauf, dass ich sie umarme.

Der Junge hatte die Arme erhoben und wartete darauf, dass ich ihn hochhebe.

Meine Arme waren zu kurz. Ich konnte keinen von beiden erreichen.

Im Anfang erzählte ich Erik von meinem Traum.

Aber ich merkte, dass er ihn nicht gern hörte.

Als ich den ersten Brief von zu Hause bekam, versteckte ich mich immer, wenn ich ihn las.

Ich sah es Eriks Augen schon bald an.

Einsamkeit.

Keine Sehnsucht nach irgendjemandem.

Vermutete ich.

Und ich erkannte, dass wir sehr verschieden waren.

Ich erinnere mich nicht, wann ich ihn das letzte Mal habe vor sich hin singen hören.

Und es ist nicht wahr, dass wir unzertrennlich waren. Niemand überlebt ohne eigenes Zutun.

Das lernte ich bald.

Ich schloss die Augen, wenn ich zu den Kommandos außerhalb des Lagers marschierte, sah nur die Menschen, die ich am liebsten hätte sehen wollen.

Der Weg war weit. Er kam dem Körper wie ein Tagesmarsch vor. Keine Rast, wenn wir angekommen waren.

Wir bauten ein Lager.

Ein neues und größeres, das seinem Zweck besser diente.

Ein Lager für neue Gefangene.

Aber auch ein Lager für uns selbst.

Wir bauten für die Vernichtung unserer Kameraden.

Und auch für unsere eigene.

Wem die Kräfte versagten, der wurde zum unbrauchbaren Menschen.

Die Unbrauchbaren wurden vernichtet.

Es war ein Lager zur Vernichtung von Menschen, zu dem hin ich Säcke trug.

Bleischwere Säcke, die für meinen schwachen Rücken viel zu schwer waren.

Es gab stärkere Männer, als ich einer war, die unter einer so schweren Last zusammenbrachen.

Ich wusste, dass ich auch zusammenbrechen würde.

Aber ich wollte nicht, wollte nicht.

Das ließ sich einrichten.

Ich fand einen Nagel, schlug ihn in eine Mauer. Jedes Mal, wenn ich daran vorbeiging, sorgte ich dafür, dass der Sack hängen blieb und ein Loch bekam. Der Zement lief aus und der Sack war leichter zu tragen.

Es wurde nicht entdeckt.

Ich wurde sogar gelobt, weil ich so schnell war.

Es gab vieles, was nicht entdeckt wurde.

In einer Werkstatt machte ich mir mit einem Werkzeug zu schaffen.

Durfte nie leere Hände haben.

Ich öffnete Panzerfahrzeuge, tat, als überprüfe ich den Motor. Lockerte Schrauben, merkte mir, welche Schrauben es waren. Schraubte sie wieder fest. Tat immer irgendetwas. Zumindest, wenn jemand in der Nähe war. Ein stets beschäftigter Automechaniker bekam Arbeit, ohne gestört zu werden.

Niemand wusste, dass ich nichts von Mechanik verstand.

Aber ich lernte es nach und nach und konnte mit der Zeit wirklich auch als Mechaniker eingesetzt werden.

Wir mussten PKWs von einem Platz zum andern schieben.
Fahren durfte ich sie nie.
Benzin war knapp und es musste mit allem gespart werden.
Nur nicht mit Menschen.
Davon gab es genug.
Ich meldete mich freiwillig zu solchen Schiebekommandos, wenn ich sicher war, dass der Weg bergab führen würde.
So sparte ich meine Kräfte.
Derartiges war möglich.
So wollte ich überleben.
Erik wählte das Tragen von Leichen zum Krematorium.
Auch das war leichte Arbeit, denn die Körper wogen fast nichts mehr
Aber es war eine schwere Bürde für die Gedanken.«

»Emil, dein Vater hat Briefe nach Norwegen geschrieben«, sagte der Kaufmann. »Nur musste ich ihn dazu überreden ... Er hat nie gesagt, an wen er schreibt ... Es war, als hielte er es für seine eigene Schuld, dass er an diesen Ort geschickt worden war ... Er bekam Briefe ... Sagte nie, von wem er sie bekommen hatte.

Als schämte er sich, dass andere sich um ihn kümmerten.«

Der Kaufmann nahm einen zweiten Gegenstand aus dem Regal.

Es war eine Peitsche ... kräftiger Holzgriff und lange Lederriemen mit harten Knoten an den Enden.

»Die habe ich oft genug zu spüren gekriegt«, sagte er.

»Es ist erstaunlich, was man als Andenken mitnimmt.«

»Es ist nicht wahr, dass man sein Überleben selbst bestimmen kann.

Kann nicht über sein eigenes Leben bestimmen.
Das meiste sind Zufälle.
Der Tod ist nicht gerecht.
Aber es ist auch falsch zu sagen, dass er ungerecht ist.
Es ist unmöglich, sich darauf zu verstehen.

Vielleicht war es ein solcher Zufall.

Möglicherweise hatte Erik mich vermisst, verließ wirklich die Baracke, um mich zu suchen. Oder er kam zufällig vorbei. Er hat es mir nie gesagt.

Ich war abkommandiert worden, um in einem bombenbeschädigten Gebäude Trümmer wegzuräumen … Einige Wände und ein Teil des Daches waren stehen geblieben … Ich hielt es für eine leichte Arbeit.

Sollte nur nach noch brauchbaren Dingen suchen und war bei der Arbeit allein.

Nur ganz wenige konnten wissen, wo ich war.

Das beschädigte Gebäude war baufälliger, als ich geahnt hatte, und möglicherweise war ich zu unbedacht. Ich machte mich an die Arbeit, ohne vorher zu überlegen. Oder vielleicht war es auch nicht zu verhindern.

Die Wände stürzten über mir zusammen.

Das Dach fiel ein.

Ich lag unter großen Betonblöcken.

Ich war unverletzt.

Ich lag in einem Hohlraum, der für meinen Körper gerade ausreichend war.

Es war unmöglich, sich zu bewegen. Dazu war es zu eng.

Ich schrie, aber meine Stimme reichte nur bis zu den mich umgebenden Steinmassen.

Also war ich mit meinen Gedanken allein.

Wie immer dachte ich an meine beiden daheim … Und nicht ein Mal an Erik.

Keiner von uns hatte Zeit um Sterbende zu trauern.

Dazu gab es ihrer hier zu viele.

Es gab keine Zeit für Trauer.

Wir hatten uns an die Toten gewöhnt.

Aber noch nicht an den Gedanken an den eigenen Tod.

Trotzdem dachte ich, dass an diesem Abend meine Essenration unter den anderen aufgeteilt werden würde.

Da hörte ich trotz allem eine Stimme.

Ich hörte meinen Namen.

Es war Eriks Stimme.

Mit den Sinnen eines Spürhunds hatte er Witterung von mir aufgenommen. Ich kann es bis heute nicht begreifen. Auch nicht, wie ich es schaffen konnte, ihm zuzurufen, wo ich sei, dass es aber unmöglich wäre, mich da herauszuholen.

Stundenlang beseitigte er Steine und Beton.

Hatte er ein Trumm entfernt, rutschte ein anderes nach.

Er wollte die Sinnlosigkeit seines Tuns nicht wahrhaben, hatte Kräfte, die ich bei ihm nie vermutet hätte, ums Verrecken kämpfte er gegen meinen Tod an.

Erik bekam mich allein mit Hilfe seiner Hände heraus.

Inzwischen war der ganze Tag und die halbe Nacht vergangen.

Ich konnte sein Gesicht nicht sehen. Es war zu dunkel … Ich konnte nicht hören, was er sagte. Er sprach zu leise.

Ich hatte auch keine Worte.

Wie bedankt man sich für sein Leben?

Was später in der Nacht geschah, kann ebenso ein Zufall gewesen sein.

Ich kann es nicht erklären … Muss es aber erwähnen.

Manchmal feierten wir in der Baracke ein Fest.

Niemand darf glauben, dass es nicht auch Freude gab. Aber wir mussten sie selbst schaffen.

Zu einem richtigen Fest gehörte etwas Anständiges zu trinken.

Auch das konnte beschafft werden.

Schnaps-Kommando hieß eines der Kommandos.

Es war eines der erstrebenswertesten Kommandos überhaupt.

Das war nicht weiter verwunderlich.

Behälter voll Schnaps waren als Umtrunk zu den Offizieren zu bringen.

Auch sie feierten dann und wann ein fröhliches Fest … und da ging es wesentlich lauter zu als bei uns. Wir mussten uns zurückhalten. Auf unseren Festen ging es nicht so hoch her.

Aber es war möglich, etwas von dem Transport abzuzweigen.

Und so wurde ab und zu etwas von der Fracht geklaut.

Die Verantwortlichen für das Schnaps-Kommando füllten ein wenig vom Inhalt in die eigenen Kochgeschirre um und brachten es zur Essensausgabe mit in die Baracke.

In Hochstimmung befeuchteten wir die Lippen, genossen den Geschmack edlen Branntweins, spürten bei jedem Schluck Wärme durch Kehle und Körper fließen und sprachen davon, welches richtige Fest wir an dem Tag feiern würden, an dem wir nach Hause zurückkehrten.

Als Erik und ich am Abend, an dem er mich aus der Ruine gegraben hatte, in die Baracke kamen, standen Essgeschirre und Gläser auf dem Tisch.

Wir wussten genau, was das bedeutete.

Bei dem Gedanken an das besondere Getränk fing ich zu zittern an.

Etwas Wärmendes, etwas Zuträgliches für die Nerven.

Ich wollte mir gerade von dem nehmen, was ich jetzt besonders brauchte.

Ohne an Bescheidenheit auch nur zu denken, nahm ich zwei Gläser, eines für Erik und eines für mich. Ich griff nach dem Geschirr. Wog es in der Hand. Schüttelte es. Öffnete es und wollte es nicht glauben.

Das Geschirr war leer.

Alles war getrunken.

Die Party war schon aus.

Meine Enttäuschung war so groß, dass ich auf den, der mir am nächsten stand, am liebsten eingeschlagen hätte.

Aber ich war zu schwach und fiel auf die Bettkante.

Da hörte ich Schreie.

»Es ist dunkel!«, wurde gerufen.

»Stromausfall!«

»Wo ist die Kerze!«

Ich sah meine Barackenkameraden mit den Armen fuchteln, sich im Raum vorwärts tasten, als wäre es wirklich finster.

»Sehe nichts! Sehe nichts!«

Riefen sie wie Blinde.

Ich sah meine Kameraden hinfallen.

Sie fassten sich an den Hals, als wollten sie sich die Kehle zudrücken.

Der Diebstahl war entdeckt worden.

Man hatte den Schnaps daraufhin mit Gift versetzt.

Erik und ich waren zur Party zu spät gekommen.

Aber auch zu spät für den Tod.

Ich war am selben Tag zum zweiten Mal am Leben geblieben.

Es ist fast zum Lachen.

In einer anderen Nacht war ich es, der über Eriks Leben entscheiden durfte.

Durch Zufall konnte ich ihm danken, denn ich hatte nie gewusst, welche Worte ich dafür gebrauchen sollte.

Ich wachte auf und merkte, dass Erik nicht in der Koje lag.

Das war weiter nichts Besonderes.

Es kam vor, dass er sich in eine Koje legte, die vorübergehend frei war. Da hatte er genug Platz für sich und brauchte die Decke nicht zu teilen.

Es war eine besonders kalte Nacht und ich wachte davon auf, dass ich fror. Und ich musste auf die Latrine.

Mir graute davor, hinaus in die Winternacht zu gehen. Ich hörte den Wind und spürte den Luftzug.

Ich hatte keine Ahnung, wann in der Nacht es war, ob spät oder früh. Aber ich versuchte, mich selbst zum Weiterschlafen zu überreden, obwohl ich eigentlich hätte aufstehen müssen.

Ich glaube, ich schlief wieder ein.

Keine Ahnung, wie lange ich schlief, bis ich wirklich nicht mehr anders konnte.

Ich sah Erik in keiner der Kojen. Ich sah mich auch nicht nach ihm um. Alle Männer sehen im Liegen gleich aus, ob allein oder mit einem Zweiten. Alle rollten sich unter der Decke ein, um die Wärme zu halten. Nur die weit über die Ohren gezogenen Mützen waren zu sehen.

Viel Schnee war in dieser Nacht gefallen. Man musste über starke Verwehungen steigen. Ich fühlte, wie kalt es war. An den Beinen. An Armen, Kopf, am ganzen Körper. Und ich war froh darüber, dass ich die beißende Kälte noch spüren konnte. Es heißt, dass Erfrierende nichts mehr fühlen. Zumindest nicht die Kälte. Eher eine Art Wärme.

Ich war nicht allein auf der Latrine.

Das war man selten.

In solchen Nächten kam es vor, dass wir Menschen vom Sitz stoßen mussten. Sie waren erfroren und benötigten den Platz nicht mehr. Ich erinnere mich, dass ich manchmal dachte, der hat das Schlimmste überstanden.

Ich war fertig. Wollte gerade hinausgehen.

An einen toten Menschen brauchte man nicht vor dem nächsten Morgen zu denken und ich wollte schnell in die Baracke zurück. Die Kälte war unerträglich und ich brauchte allen Schlaf, der nur möglich war.

Trotzdem drehte ich den leblosen Körper um. Neugierig, wer es sein mochte.

Er fiel hintenüber.

Es war Erik.

Ich zog ihm die Kleider hoch.

Wollte nicht, dass er halb nackt dasäße, obwohl ich dachte, dass es für ihn nichts mehr bedeutete.

Ich nahm seinen Körper in die Arme.

Er war im letzten Jahr mein bester Freund geworden.

Er verdiente, dass ich mich von ihm verabschiedete. Dass ich mich bei ihm bedankte.

Da spürte ich seinen Atem.

Ich entdeckte, dass der Puls an seinem Hals schlug.

Ich hob ihn hoch.

Nur Haut und Knochen. Trotzdem schien er mir schwer. Ich hatte ja auch nicht mehr viel Kraft.

Ich trug ihn, schleppte ihn zur Baracke zurück.

Bugsierte ihn in die Koje.

Ich legte mich neben ihn und zog die Decke über uns beide.

Ich nahm ihn in meine Arme. Legte meine Beine über ihn. Hauchte ihm ins Gesicht. Strich ihm mit den Händen über den Rücken.

Ich gab ihm all die Wärme, die möglicherweise noch in mir selbst vorhanden war.

Wir lagen bis zum Ende der Nacht wie zwei Liebende da.

Wir beide, die es einmal geschafft hatten, einander bei der Hand zu nehmen.

Wir beide, die einmal befürchtet hatten, einander zu stören, nur weil wir laut atmeten.

Ich schlief ein.

Und wachte mit einem Ruck auf.

Sah, wie nah beisammen wir lagen.

Es war doch noch ein Rest von Schamgefühl in mir.

Ich ließ ihn los.

Aber ich tastete nach seiner Hand.

Fühlte, dass das Blut noch durch seine Adern pulste.

Spürte seinen Atem.

Merkte, dass er sich bewegen konnte.

Ich sprach ihn an.

»Erik«, sagte ich.

Mehrere Male sagte ich nichts als Erik.

Da öffnete er die Augen.

Eine Weile blieben wir so liegen und betrachteten einander.

Ich weiß nicht, ob er sich erinnerte oder an was er sich erinnerte.

Ich habe keine Ahnung, was er begriff oder wusste.

Aber ich verspürte keine Erleichterung, als unsere Blicke sich begegneten.

Es war kein Lebensfunke in ihm zu entdecken.

Und ich fragte mich, ob ich den überhaupt jemals gesehen hatte. Ob ich nicht nur meinte, ihn gesehen zu haben, ob ich nur gehofft hatte, ihn zu sehen, weil es für mich notwendig war, ihn zu sehen.

Das Einzige, was ich sehen konnte, war nichts.

Es war, als schaute ich in die Augen eines Menschen, der eigentlich gar nicht mehr am Leben war.

Ich wusste, wie gefährlich Erik geworden war.

Ich musste mich vor ihm in Acht nehmen.

Ich musste seinem Blick ausweichen.

Der Trostlosigkeit ausweichen.

Wenn er nicht leben wollte, sollte er mich nicht mit in den Abgrund ziehen.

Niemand sollte mich vernichten.«

Der Kaufmann nahm noch einen weiteren Gegenstand aus dem Regal und heftete ihn sich an die Brust.

Es war ein Buchstabe.

Der Buchstabe N.

»N für Norwegen«, sagte er. »Ich hatte ihn auf meiner Gefangenenkleidung. Und auch N für Nils. Den Namen meines Sohnes. Für mich lag unglaublich viel Hoffnung in diesem einen Buchstaben.

In der letzten Zeit teilten Erik und ich nur noch die Läuse miteinander. Und es kam vor, dass wir im Dreck des anderen aufwachten«, sagte der Kaufmann.

»Ich musste ihn hinter mir herziehen. Ich musste ihn wie ein trotziges Kind oder einen unfolgsamen Hund mitziehen.

Einst waren wir aufrecht durch das Tor gegangen, das uns Freiheit versprach.

Hinaus musste Erik gezwungen werden.

Krank.

Er war mager. Verdreckt.

Er war einer der Elenden.

Erik konnte, wollte nicht in die Welt zurück.

Er wurde den Gestank aus den Verbrennungsöfen nicht los. Er konnte seine Hände nie rein waschen. Schaffte es nicht, sich über einen vollen Bauch zu freuen. Schaffte es nicht, das zu genießen, was ihm an Zukunft geblieben war.«

»Er kam zu uns nach Hause«, sagte Emil.

»Er sagte, er wolle sich nur von jemand verabschieden, der auf ihn gewartet hatte.«

»Er ist bei uns geblieben.«

»Als wir in Oslo aus dem Zug stiegen, habe ich ihn aus den

Augen verloren. Dann sah ich ihn nie wieder. Hörte nichts mehr von ihm. Erst an dem Tag im Herbst, als er hier im Laden auftauchte.«

Der Kaufmann stand unvermittelt auf.

Er blies die beiden Stearinkerzen aus.

»Empfinden Sie Hass?«, fragte Emil.

»Auf wen?«

Der Kaufmann legte den Stoffbuchstaben an seinen Platz im Regal zurück.

»Auf die, die Ihnen das alles angetan haben … und die es meinem Vater angetan haben?«

Auch die Peitsche und die Mütze wurden wieder ins Regal gelegt.

»Hätte ich gehasst, hätte ich niemals überleben können.«

Er nickte Emil kurz zu.

Es gab nichts mehr zu erzählen.

Die Geschichte war aus.

Nicht nötig, noch einmal nach Ladenschluss herunter in diese Kammer zu kommen, erkannte Emil.

Am letzten Samstagnachmittag des Monats spielte der Kaufmann wieder Ziehharmonika.

Er spielte und die anderen sangen vom *Jungmann Jansson*, dem Matrosen, der auf blauen Wogen hinauszieht und der seine Tage mit ergrauten Schläfen auf einer Farm in Alabama beendet oder seine Sorgen in einer Bar in Yokohama ersäuft oder irgendwo zwischen harten Korallen vom Meer verschlungen wird. Das Schicksal eines Seemanns ist schwer vorauszusagen.

Es war im Grunde ein trauriges Lied, aber die Melodie war fröhlich, und so stießen sie miteinander an, wenn sie *Sing heioho!!!* sangen und der Chauffeur inzwischen, von der Käsedame unbemerkt, eine weitere Flasche Bier hatte öffnen können.

Nils stand neben seinem Vater

Er hatte eine schöne Stimme und sang am lautesten von allen.

Er ist bestimmt enorm musikalisch, dachte Emil und wünschte sich, dass er auch so schön und laut singen könnte, wenn alle es hörten.

Tore saß neben ihm auf der Milchkiste.

Glaubt er wirklich, dass er einen Stammplatz neben mir beanspruchen kann?, dachte Emil.

Er schaute Nils an. Schaute Tore an.

In unserer Welt gleicht kein Vater dem anderen, dachte Emil.

Als er seine Lohntüte in Empfang nahm, hatte er das Gefühl, sich schon fast daran gewöhnt zu haben.

Aber er bedankte sich höflich mit einer Verbeugung und pflichtete denen bei, die ihn dazu beglückwünschten, dass er so einen angenehmen Arbeitsplatz hatte. Und er bemitleidete in Gedanken jene Bedauernswerten, die gezwungen waren, beim Konsum zu arbeiten.

Er steckte die Tüte tief in seine Hosentasche. Er wollte gut darauf aufpassen.

Seine Mutter brauchte wirklich nicht ganz so gierig zu sein wie im vergangenen Monat.

Sie hatte ja inzwischen selbst ihren Lohn bekommen. Außerdem war es ihm gelungen, etwas von seinem Überstundengeld auf die Seite zu legen. Er hatte beschlossen, es als vorläufigen Dank für das Geborgte in Mutters Glas zurückzustecken.

Sie war nicht zu Hause.

Auf der Spüle lag ein Zettel.

Sie teilte ihm mit, er solle nicht auf sie warten. Es stehe Essen im Kühlschrank. Etwas zu trinken könne er sich selbst kaufen.

Und das Sparglas war leer.

Es war nicht die kleinste Münze darin.

Emil wusste nicht, ob ihn das beunruhigen sollte.

Wusste nur, wenn er jetzt auch nur eine Kleinigkeit in das Glas legte, würde alles sofort auffliegen.

März

Tore sah ihm direkt ins Gesicht, als er sagte: »Du redest so viel mit meinem Vater!«

Das geht diesen kleinen Jungen doch überhaupt nichts an, dachte Emil.

Tore fuhr fort:

»Du redest furchtbar viel mit meinem Vater!«

»Er ist schließlich mein Chef«, antwortete Emil.

»Vielleicht redest du zu viel mit meinem Vater!«, sagte Tore.

»Niemand kann zu viel mit seinem Chef reden«, erwiderte Emil.

Emil wollte alles tun, was der Kaufmann von ihm verlangte.

Er musste lernen, dass die Kunden immer Recht haben.

Sie hatten das Recht, auch noch einkaufen zu kommen, wenn abends die Ladentür schon geschlossen war und sie durch den Hintereingang hinausbegleitet werden mussten.

Solche Kunden wussten nie, was sie haben wollten und brauchten mehr Zeit als andere, um sich zu entschließen. Aber der Kaufmann war zufrieden. Sie kauften jedes Mal mehr ein, als sie sich vorgenommen hatten. Oft so viel, dass Emil ihnen helfen musste, die Waren nach Hause zu tragen. Er bekam zum Dank oft fünfzig Öre. Oder manchmal sogar eine ganze Krone.

Manche Kunden nahmen sich das Recht, morgens schon vor dem Öffnen zu kommen. Sie klopften ungeduldig ans Fenster und es war ihnen gleichgültig, dass die Käseverkäuferin noch nicht einmal die Schürze umgebunden hatte oder dass die Kassiererin noch nicht einmal das Wechselgeld aus dem Büro des Kaufmanns geholt hatte.

Die frühen Kunden wussten immer genau, was sie haben wollten, es stand alles auf einem Zettel. Sie nahmen nie eine Ware zu viel und hatten zu wenig Zeit, um mit jemandem zu plaudern. Bemerkten Emil vermutlich nicht einmal.

Manche Kunden glaubten das Recht zu haben, den Kaufmann noch spät am Abend anzurufen, weil sie etwas vergessen hatten oder weil ihnen plötzlich einfiel, dass sie sich selbst mit etwas Besonderem überraschen wollten.

Aber solche Kunden brauchten Emil nicht zu kümmern. Um diese Zeit war er längst in seinem eigenen Zimmer in der Leirfallsgata.

Es gab Kunden, die den Kassenzettel genauest überprüften, ehe sie auch nur eine einzige Krone aus der Hand gaben. Sie schielten zu Emil hinüber und er fühlte, dass sie ihn in Verdacht hatten, die Waren zu hoch auszupreisen. Aber das stand ihnen vermutlich zu. Und die Kassiererin lächelte nur, wenn sie darum gebeten wurde, jeden einzelnen Betrag zu erklären und noch einmal nachzurechnen. Im Kopf. Man konnte sich doch nicht einfach blind auf elektrische Maschinen verlassen.

Die meisten Kunden waren Hausfrauen.

Wenn ihre Männer ein seltenes Mal allein auftauchten, wurden sie sofort gefragt, ob in der Familie jemand erkrankt sei.

Ausgenommen Herr Eriksen, der Hauswart aus dem Nebenhaus, der meinte, am ersten Montag des Monats selbständig zehn Kilo Zucker und ein Kilo Hefe einkaufen zu müssen. Er entschuldigte sich lautstark, dass seine Frau nicht nur backen, sondern auch einkochen wollte und dass sie schwache Arme und einen kranken Rücken habe und dass sie das alles einfach nicht selbst heimtragen könne.

Aber es gibt weder im Januar noch im Februar oder im März frische Beeren zum Einkochen. Und Frau Eriksen brauchte doch auch Mehl, wenn sie backen wollte.

Jeder wusste, dass der Hauswart Eriksen gesetzwidrig und unerlaubt seinen eigenen Schnaps ansetzte, aber niemand sprach laut darüber. Der Kaufmann flüsterte es Emil mit einem kaum unterdrückten Lächeln zu.

Es gab Kunden, die wollten auch nicht ein einziges Öre schuldig bleiben.

Es gab Kunden, die in einem Büchlein anschreiben ließen. Riskant und doch lohnend, erklärte der Kaufmann.

Die meisten rechneten jeden Samstag ab. Da bildete sich oft eine lange Schlange an der Kasse.

Aber es gab auch Kunden, die immer Geld schuldeten.

Wenn man sie überhaupt Kunden nennen konnte.

Denn wenn der Schuldenberg ordentlich angewachsen war, hielten sie sich oft wochenlang fern, ja, manchmal sogar Monate.

»Die sind im Konsum bestimmt noch mehr schuldig«, tröstete der Kaufmann sich selbst und auch Emil. »Eines Tages müssen die ihre Filialen schließen. Die haben viel zu unzuverlässige Kunden.«

Eines Tages sagte Tore zu Emil:

»Ich habe heute Nacht meinen Vater weinen hören. Seit du hier bei uns angefangen hast, hat er wieder zu weinen angefangen.«

»Aber das ist doch nicht meine Schuld«, sagte Emil.

Emil versuchte immer das zu tun, was der Kaufmann sagte:

»Du musst dich über jeden einzelnen Kunden freuen und du musst die Bedürfnisse jedes einzelnen Kunden kennen.«

Aber ihm gefiel der Gedanke nicht, dass unter diesen netten Kunden Diebe sein könnten.

Er überlegte, wie Frau Martinsen ausgesehen hatte und ob man ihr möglicherweise hätte ansehen können, dass sie eine Diebin war.

Und was, wenn er selbst einen ganz normalen Ladendieb auf frischer Tat ertappte?

Es gab nämlich Tage, da schienen ihm hinter jedem Warenregal gleich zwei Diebe zu stehen.

Er achtete immer besonders auf die Männer.

Es war trotz allem viel zu schwierig, sich vorzustellen, dass eine Dame, Mutter und Hausfrau, stehlen könnte. Frau Martinsen musste eine Ausnahme gewesen sein.

Darum beobachtete Emil einen Jungen besonders scharf, der den Laden betreten hatte. Zunächst hielt Emil ihn für einen Freund des älteren Sohnes seines Kaufmanns. Sie mussten etwa gleich alt sein und der Junge sah sich um, als suche er jemanden.

Er hatte sich keinen Einkaufskorb genommen.

Er sah auch nicht danach aus, als hätte er besonders viel Geld bei sich.

Emil ging ihm nach.

Er tat, was der Kaufmann von ihm verlangte; behielt jeden Finger im Auge.

Der Junge bückte sich vor dem Regal mit dem Waschpulver, drehte die Packungen um und sah sich mehrere davon eingehend an, obwohl alle ganz gleich aussahen.

Wenn er ein richtiger Dieb ist, wird er nicht gerade Waschpulver stehlen, dachte Emil. Er hat doch bestimmt eine Mutter, die für ihn wäscht.

Der Junge ging weiter in den Laden hinein. Sah sich ständig um, war wohl mit dem Angebot nicht zufrieden, bis er schließlich bei der Truhe mit den Fischstäbchen stehen blieb.

Der wird doch keine Fischstäbchen brauchen, dachte Emil. Der kriegt doch bestimmt sein Essen zu Hause.

Der Junge ging weiter zu den Flaschen mit Möllers Tran.

Da entspannte sich Emil einen Moment.

Kein Mensch wird eine Flasche Lebertran stehlen!

Als der Junge aber an den Dosen mit Krabbenfleisch herumzurücken anfing, war Emil wieder sehr aufmerksam.

Krabbenfleisch war für ihn das Feinste vom Feinen, und wenn jemand schon ein Dieb sein wollte, dann …

Der Junge hielt eine der Dosen in den Händen, als wolle er sie abwiegen.

Dann drehte er sich unvermittelt zu Emil um, als wisse er, dass der ihm die ganze Zeit gefolgt war, und sagte:

»Du arbeitest hier, nicht wahr!«

Emil nickte nur.

War eigentlich stolz darauf, dass er das bestätigen konnte.

»Weißt du, was diese Dose kostet?«, fragte der Junge.

Emil schüttelte den Kopf:

»Unmöglich, alle Preise zu wissen.«

»Was weißt du denn überhaupt?«

Emil nickte noch einmal:

»Der Preis steht doch auf der Dose!«

Der Junge musste den Preiszettel längst gesehen haben, starrte Emil aber weiterhin an:

»Drei Kronen und fünfundzwanzig Öre! Das ist viel zu teuer!«

Er ließ die Dose einfach fallen und Emil musste sie selbst zurück ins Regal stellen.

Der Junge ging jetzt in Richtung Kasse.

Emil hinterher. Tat, als müsse er rein zufällig dorthin.

»Zehn Blue Master!«, sagte der Junge zu der Kassiererin.

Er sagte es energisch und mit lauter Stimme, als erteile er einen Befehl.

Aber die Kassiererin ließ sich nicht einschüchtern. Sie bat um den Schülerausweis. Oder einen anderen gültigen Ausweis. Wollte ganz sicher sein, dass der Junge über 16 war, wenn er Zigaretten kaufen wollte.

»Gesetze und Vorschriften sind da, um befolgt zu werden. Da muss man genau sein«, sagte die Kassiererin energisch.

Der Junge konnte keinen Ausweis vorlegen.

Er bekam keine Zigaretten.

Als er das Geschäft mit leeren Händen verließ, drehte er sich noch einmal zu Emil um.

Emil hätte am liebsten die Augen niedergeschlagen.

Der Junge war bestimmt wütend auf ihn.

Vielleicht hatte er wirklich einen Ladendiebstahl verhindert.

Und Diebe sinnen angeblich immer auf Rache, was wusste Emil schon von solchen Dingen?

Aber der Junge lächelte ihm nur zu.

Es war kein breites und herzliches Lächeln.

Nur eine Andeutung. Ein fast verlegenes, kleines Lächeln.

Emil wollte das Lächeln gerade erwidern, als er bemerkte, dass Tore neben ihm stand.

Der fremde Junge ging zur Tür hinaus, warf aber von der Straße aus durch das große Schaufenster noch einmal einen Blick auf Emil.

»Kennst du den?«, hörte er Tore fragen.

Emil meinte ihm mit gutem Gewissen antworten zu können:

»Nein.«

»Du solltest ihn auch nicht kennen lernen!«

Kleine Kinder kümmern sich aber auch um alles, dachte Emil.

»Mein Bruder darf auch nichts mit ihm zu tun haben«, sagte Tore.

»Ich habe gar nicht die Absicht, ihn kennen zu lernen«, sagte Emil und fragte:

»Wie heißt er denn?«

»Weiß nicht«, antwortete Tore. »Weiß nur, dass er spinnt.«

Emil war ins Käselager geschickt worden, um Schimmel abzuwischen.

Er hatte sich immer noch nicht ans Alleinsein dort unten gewöhnt. Er musste an einer bitteren Kaffeebohne lutschen, um dem säuerlich-scharfen Geruch ein wenig entgegenzuwirken.

Es brannte nur eine einzige Glühbirne an der Decke.

Das Licht reichte nicht in alle Ecken, ließ aber die an der Wand hängenden Messer aufblitzen.

Im Käselager war es immer sehr still.

Die Geräusche aus dem Laden konnte man so weit unten im Keller nicht hören.

Die Tür war dick und schwer.

Emil dachte bei sich, wenn sie zuschlagen würde, könnte man sie von innen nicht einmal öffnen. Und es war fraglich, ob ihn so schnell jemand vermissen würde.

Der Schimmel auf dem Käse war grün und weich und haarig.

Der Geruch setzte sich in den Kleidern fest und die Hände wurden schmierig.

Emil wollte sich waschen gehen, obwohl er mit seiner Arbeit noch nicht fertig war.

Unmittelbar neben dem Käselager gab es ein Waschbecken. Und Seife. Aber Emil fand kein Handtuch.

Er sah sich nach etwas um, woran er sich abtrocknen konnte und ließ den Blick durch das Halbdunkel des Lagerkellers schweifen, in dem er den Kaufmann von seinem Vater hatte erzählen hören.

Er bewegte sich langsam auf die Ecke mit dem kleinen Verschlag zu.

Erwartete mögliche Geräusche.

Hörte nichts.

Er wollte nur in den kleinen Raum hineinschauen, in dem er so viele Male gewesen war. Wollte nur sehen, wie es war, wenn außer ihm niemand dort war.

Er hatte Angst zu stolpern, wollte selbst keine Geräusche erzeugen.

Er ging langsam und leise. Tastete sich an der Wand entlang.

Es war eine ganz glatte Wand.

Eine Wand wie alle anderen.

Eine gewöhnliche gemauerte Wand. Keine Holzwand.

Es gab nur eine leere gewöhnliche Ecke in einem Lagerkeller.

Und die Kammer?

Die Kammer des Kaufmanns war verschwunden. Als hätte es sie nie gegeben. Als hätten sie nie und nimmer zusammen dort gesessen. Als hätte Emil den Kaufmann nie vom Vater erzählen hören.

Er fühlte, wie klamm seine Hände waren, wie er unter den Armen schwitzte und er war bestimmt puterrot im Gesicht.

Er wollte umkehren, zurück zum Käse und dem Schimmel und dem Geruch. Wollte am liebsten hinauf ins Geschäft gehen und darum bitten, hinaus auf die Straße zu dürfen. Vielleicht einen Weg machen. Nur irgendwohin, wo die Luft frischer und das Amten leich …

Da ging das Licht aus.

Das Halbdunkel wurde zum Stockdunkel.

Emil drehte sich im Kreis.

Drehte sich mehrere Male.

Hatte schließlich keine Ahnung mehr, was rechts und was links war, was vorn und was hinten. Wusste weder wo oben noch unten, außen und innen war.

Wäre fast gefallen, stieß einen Sack oder eine Kiste beiseite, tastete mit den Armen.

Er fühlte kalte Luft über seinen Rücken streichen.

Trotzdem schwitzte er nach wie vor.

Er wollte laut etwas sagen, hatte aber nur eine Albtraumstimme.

Wollte schreien, aber die Stimme gehorchte ihm nicht.

Meinte Schritte zu hören.

Meinte jemanden sich bewegen zu sehen, obwohl es stockfinster war.

Meinte schnelle Schritte Richtung Treppe zu hören, wo immer diese sein mochte.

Die Treppe hinauf.

Und die Deckenbeleuchtung ging wieder an.

Wiederum stand Emil im Halbdunkel, in dem man sich immerhin fortbewegen konnte.

Er wollte jetzt auch zur Treppe. Nach oben kommen.

Hinauf in den Laden.

Normalen, netten und freundlichen Kunden in die Augen sehen.

Wollte die freundliche, zum Kaufen überredende Stimme zwischen den Warenregalen widerhallen hören.

Den fröhlichen Klang der Registrierkasse.

»Du mischst dich in zu vieles ein, was dich nichts angeht«, sagte Tore.

Emil wurde allmählich ernsthaft böse auf den kleinen Wichtigtuer.

Er ballte die Fäuste.

Konnte ja nicht auf den Sohn seines Chefs losgehen, obwohl der eine Maulschelle verdient hätte, versuchte aber ein Furcht einjagendes Gesicht zu machen.

Trotzdem war es Tore, der sagte:

»Lass dir das eine Warnung sein!«

»Ich habe keine Angst vor dir«, sagte Emil und versuchte über ihn zu lachen.

Er bereute, dass er die Warnung nicht ernster genommen hatte, als der Kaufmann ihn später in sein Kontor bat und die Tür hinter ihm schloss.

Es war kein großes Kontor, es gab nur Platz für einen Schreibtisch mit Telefon und Papieren, einige Regale mit Büchern voller Zahlen, einen Geldschrank und einen einzigen Stuhl.

Emil hatte noch nie darauf gesessen.

Er war in diesem Kontor nur zwei Mal gewesen, wenn er seinen Lohn im Empfang nahm.

Es war der Stuhl des Kaufmanns, ein Drehstuhl mit Rädern. Emil hatte Tore damit spielen sehen und hatte den Stuhl kindisch gefunden. Aber er bekam selbst Lust, ihn auszuprobieren, als er sah, wie der Kaufmann sich so hineinplumpsen ließ, dass der Sitz wippte und die Federung knarrte.

Der Kaufmann blieb mit dem Rücken zu Emil sitzen, bis Emil spürte, dass er etwas falsch gemacht haben musste. War er etwa nicht reinlich genug oder nicht genügend freundlich zu den Kunden?

»Emil!«, war das Erste, was der Kaufmann sagte.

»Emil Alm!«, sagte er nach einer Weile feierlich, aber immer noch mit dem Rücken zu ihm.

Emil holte vorsichtig Luft, versuchte den Atem anzuhalten. Wollte nicht mehr als nötig verderben.

Den Rücken ihm zugewandt fragte der Kaufmann:

»Hat es dir hier bei uns gefallen?«

Emil konnte laut und deutlich antworten:

»Ja!«

Und er hoffte, dass man ihm glaubte.

»Gut«, hörte er den Kaufmann sagen.

Emil fühlte sich etwas erleichtert und wagte wieder zu atmen.

Aber er war sofort auf der Hut, als der Kaufmann langsam den Stuhl schwenkte und sich ihm zuwandte:

»Und was denkst du jetzt zu tun?«

»Tun …?«

»In deinem künftigen Leben?«

So weit hatte Emil nie gedacht. Hatte es nie für nötig gehalten.

»Wie lange hast du vor zu bleiben?«

Emil sah seinen Chef groß an.

»Ich verstehe nicht ganz, was Sie meinen«, sagte Emil erschrocken.

Glaubte nicht recht zu hören, als der Kaufmann sagte:

»Ich weiß nicht, wie lange ich noch Bedarf an einem Kommis-für-alles habe.«

Emil schluckte. Er hatte irgendwie einen schlechten Geschmack im Mund.

Die Lachfalten des Kaufmanns waren deutlich zu sehen, obwohl sein Gesicht ganz ernst war.

Emil sah, dass seine Augen rot waren.

Vielleicht stimmte es, dass er zu oft weinte.

Sein Mund zitterte.

Emil fürchtete, der Mann werde wirklich zu weinen beginnen und trat einen Schritt zurück.

Da fasste der Kaufmann nach ihm.

Nahm seine beiden Hände, hielt sie fest.

Blieb aber auf dem Stuhl sitzen und Emil war, wie er so dastand, fast einen Kopf größer als der Kaufmann.

Als wäre er der Große und der andere klein.

Emil fühlte, wie die Hände des Kaufmanns zitterten.

Er sagte leise:

»Es ist alles nicht wahr, Emil. Es ist nicht wahr, dass ich mich damals gefreut habe, als dein Vater hier im Laden auftauchte.

Vielleicht sollte ich es dir sagen. Vielleicht wäre es besser gewesen, wenn du nichts erfährst. Aber …

Es ist immer noch so, als sähe ich ihn jeden Tag. Als könnte ich ihn nie aus den Augen verlieren. Und wenn ich dich sehe …«

Emil wollte sich losreißen, wurde aber zurückgehalten.

»Du musst mir glauben, was ich sage, Emil. Ich habe so oft an ihn gedacht. Zumindest tat ich es in den ersten Jahren. Selbstverständlich konnte ich ihn nicht vergessen. Aber die Jahre vergingen und …

Ich habe wirklich nach ihm gesucht. ich sah in allen Telefonbüchern nach, die ich finden konnte.«

»Wir haben nie Telefon gehabt«, sagte Emil.

»Nirgends habe ich seinen Namen gefunden.«

»Er hat den Namen gewechselt«, sagte Emil. »Als die beiden heirateten. Er nannte sich so wie meine Mutter und ich.«

»Es war, als wäre er verschwunden.«

»Er ist in eine Klinik gekommen.«

»Ich hatte mich damit abgefunden, ihn niemals wieder zu sehen. Aber …«

»Aber an diesem Nachmittag im September. Es waren mehr als zwölf Jahre vergangen, seit wir im Gewühl auf dem Bahnhof getrennt worden waren.

In der ersten Zeit vermisste ich keinen von den Gefängniskameraden. Ich machte mir wohl kaum Gedanken, wie es ihnen ergangen sein mochte.

Am allermeisten wünschte ich mir, so viel wie möglich für mich sein zu können. Drum machte ich weite Spaziergänge. Immer allein.

Ich wollte den Geruch unter den Bäumen atmen. Vielleicht war es mir das Allerwichtigste: Die wunderbar frische Waldluft, die mich reinigte, wenn ich sie einsog.

Ich hatte nie gedacht, dass ich mich auch nur einen Zoll von meiner Familie entfernt haben würde, von Frau und Kind, wenn ich heimkäme.

Aber …

Mein Sohn erkannte mich kaum wieder.

Er fürchtete sich, als er mich sah.

Ich hatte mich ja ziemlich verändert und er war doch so klein gewesen, als ich ihnen weggenommen wurde.

Neben meiner Frau hatte ich zwei Jahre nicht gelegen.

Ich hatte mich an die Körper anderer Menschen gewöhnt.

Und so waren wir einander fremd geworden. Wir mussten uns wieder kennen lernen.

Wir bekamen noch einen Sohn und ich dachte, der Krieg ist für mich endlich vorbei.

Vergangenheit würde Vergangenheit bleiben. Die Zukunft war das Einzige, was für mich zählte.

Aber die Albträume blieben bestehen.

Jede Nacht war ich wieder bei den Toten.

Es kam häufig vor, dass ich aufwachte und die Frau schüttelte, die schlafend neben mir lag. Ich glaubte, sie wieder lebendig machen zu müssen.

Es kam auch vor, dass ich ins Kinderzimmer ging. Im Raum stehen blieb oder mich auf eines der Betten setzte. Verließ die Buben erst wieder, wenn ich sicher war, dass sie atmeten.

Ich lernte so zu leben.

Ich lebe noch immer so.

Die Luft konnte nicht rein genug werden. Die Menschen konnten nicht lebendig genug werden. Ich konnte nicht ausreichend gegenwärtig sein.

Und an jenem Nachmittag im September …

Es war kurz vor Ladenschluss und der Mann war mir an diesem Tag schon mehrere Male aufgefallen.

Aber ich erkannte ihn nicht.

Ich sah nur, dass draußen ein unbekannter Mann stand.

Dass er ab und zu durch die Schaufenster hereinsah.

Erst dachte ich, er wartet auf jemanden. Aber alle gingen an ihm vorbei und er stand weiterhin dort.

Ich wurde wohl ein wenig ängstlich. Überlegte, was das bedeuten könnte, und bat auch die andern im Geschäft, ihn im Auge zu behalten.

Als ich schließen wollte, kam er herein.

Er sprach kein Wort. Zwängte sich nur durch die Tür.

Er wirkte nicht ganz sicher auf den Beinen und ich dachte, es ist ein betrunkener Mann, der sich noch ein zusätzliches Bier für den Abend holen will.

Wollte ihn beim Kragen packen …

Da sprach er meinen Namen aus. Den Familiennamen und auch den Vornamen.

Ich fand das gar nicht so merkwürdig. So viele Leute kennen meinen Namen und so soll es ja auch sein, wenn man Geschäftsmann ist.

Dann sagte er seinen eigenen Namen, ohne dass ich es besonders beachtete.

Er wiederholte ihn mehrere Male.

Erik Erik Erik, sagte er.

Er nahm mich um die Schultern. Ich versuchte, ihn wegzuschieben.

Da sah ich seine Augen.

Ich begegnete seinem Blick.

Ich schaute ihm in die Augen.

Eigentlich nicht wieder zu erkennen, aber ... Trotzdem kein Irrtum möglich. Zwei Augen, die ich aus Tagen und aus Nächten kannte.

Und eine Weile blieben wir so stehen, sein Griff um meine Schultern, Angesicht zu Angesicht und Blick zu Blick.

Ich hatte keine Ahnung, was er dachte.

Es waren zwei leere Augen, in die ich starrte.

Es war ein ganz leerer Blick. Ich glaube, leerer habe ich ihn nie gesehen.

Und ich wollte nicht, dass er, als wir so dastanden, meine Gedanken verstünde.

Ich brauchte einen Stuhl für ihn. Hier in diesem Kontor.

Ich bot ihm meinen Stuhl an.

Es war der Einzige, den ich ihm anbieten konnte.

Er hatte noch kein einziges Wort gesprochen. Nur unsere Namen erwähnt.

Und er war noch immer gleich schweigsam.

Auch mir fiel nichts zu sagen ein.

Was sollte ich denn sagen?

Es war ein ganz gewöhnlicher Werktag und ich war nicht auf ihn vorbereitet.

Ich war auch nicht im Stande zu ...

Als ich ihn auf diesem Stuhl sitzen sah.

Schweigend.

Fast unbeweglich.

Schmutzig.

Seine Kleidung war vernachlässigt.

Er roch, als hätte er die letzte Zeit im Freien zugebracht.

Hatte nachts vielleicht sogar draußen geschlafen.

Als ich ihn so sah ... Als wäre die Zeit stillgestanden.

Als hätten diese letzten zwölf Jahre nie existiert.

Oder als wären diese zwölf Jahre ein Traum gewesen. Phantasie, unwirklich.

Als hätten sich die Tore nie geöffnet, als wären wir nie heimgekehrt.
Als wäre alles danach Einbildung gewesen.
Als wäre ich trotz allem tot.
Oder als ob …
Er tat mir nicht Leid.
Ich brachte das nicht fertig.
Tat mir in diesem Augenblick vielleicht nur selbst Leid.
Das ist schwer zu sagen.
Hätte wohl Mitleid spüren sollen.
Hätte wohl Dankbarkeit fühlen sollen.
Er war ja zu mir gekommen und …
Nein.
Ich empfand nur Zorn.
Wut.
Ich dachte:
Du lebst noch immer in deiner eigenen Hölle.
Und ich dachte:
Auch in mir gibt es eine Hölle.
Ich will in deine nicht hinein.
Du wirst nie wieder in meine eingelassen werden.
Du darfst nicht in sie einbrechen.

Wortlos hob er die Arme.
Er streckte die Hände nach mir aus.
Aber er reichte nicht bis zu mir her.
Trotzdem hatte ich das Gefühl, dass er nach mir fasste.
Als hätte er mich gepackt.
Um den Hals.
Ich fühlte meinen Nacken steif werden.
Das Atmen fiel schwer.
Ich japste nach Luft.
Ich schloss die Augen nicht.
Trotzdem war es, als würden alle bösen Träume gleichzeitig sichtbar.
Seine Arme.
Seine Hände.
Sie zogen mich zurück.

Nach hinten.
Und weiter nach hinten.
Er zog mich wieder hinein.
Hinein durch das Tor.
Ich konnte die Geräusche schon hören.
Die Stimmen.
Die Schreie.
Und der Geruch drang bis zu meiner Nase vor.
Verwesung.
Vernichtu… .«

Der Kaufmann ließ Emils Hände los.
Ihm stand es frei zu gehen, aber er blieb stehen.

Der Kaufmann wollte noch mehr sagen:

»Ich habe die kleine Kammer im Keller eingerissen.«

»Ich habe es gesehen«, sagte Emil.

»Auch andere haben sie entdeckt ... Mein Sohn ... Tore ... Vielleicht nicht so schlimm, aber ... Als du und ich hier saßen, hat er draußen gehorcht ... all das mit angehört ... das, was ich dir erzählt habe, aber ich wollte nicht, dass er es hört ... Es ist schwer zu erklären, aber ... Er ist nach dem Krieg geboren ... Er ist ein Friedenskind ... Ein Freudenkind, und ich wollte ihm alle diese Erinnerungen ersparen.«

Der Kaufmann versuchte zu lächeln, aber es war ein Lächeln ohne Hoffnung.

»Ich konnte diese Erinnerungen nicht mit ihm teilen. Hätte das eigentlich schon wissen müssen, als du das erste Mal dort hinuntergekommen bist ... Dass man das alles mit überhaupt niemandem teilen kann.«

Der Kaufmann schloss die Augen und schwieg eine Weile.

Dann fuhr er fort:

»Die Qualen, Emil ... Die gehören nur mir allein.«

Emil sah in das Gesicht des Mannes.

Die Haut war glatt.

Das Gesicht leuchtete.

Aber die Lippen waren verkniffen.

Er öffnete sie kaum, als er sagte:

»Als Erik gegangen war, also dein Vater, fand ich hier auf meinem Schreibtisch einen Brief. Den hatte er liegen lassen.

Es war übrigens gar kein Brief. Es war nur ein zusammengefalteter Zettel, auf den er ein paar Worte geschrieben hatte.

Erst nahm ich das nicht so ernst. Wollte den Zettel einfach wegwerfen. Ihn loswerden. So, wie ich alles loswerden wollte, was mich an ihn erinnerte.

In dem Brief bat er mich, für dich zu sorgen.

Als wenn ich nicht genug damit zu tun hätte, für meine eigenen Kinder zu sorgen.

Er hatte deinen Namen aufgeschrieben. Und die Adresse.

Es ist nicht wahr … Dass ich glaubte, ihm einen Dienst schuldig zu sein … Dass ich froh darüber war, dass du diesen Job haben wolltest …

Ich dachte sogar, dass er zu viel von mir verlangte.

Aber die Monate vergingen.

Ich glaubte, er käme zurück. Trotz allem.

Und ich hatte ja deinen Namen. Und die Adresse.

Dachte, ich könnte ihn selbst irgendwie erreichen.

Wollte. Wollte nicht.

Aber wollte doch …

Nur konnte ich nicht wissen …«

Der Kaufmann öffnete die Augen.

»Ich habe ihn nicht geschlagen.
Aber ich hob wohl den Arm.

Wortlos schob ich ihn von mir weg.

Fort.

Er streckte eine Hand nach mir aus.

Wie ein Ertrinkender brauchte er etwas, woran er sich festhalten konnte.

Aber er bekam meine Hand nicht.

Sollte mich nicht zu dem Tor zurückbringen, durch das wir einmal gemeinsam gegangen waren.

Und dieses Mal schon gar nicht Hand in Hand.

Hinweg mit dir, das war mein Gedanke, erinnre ich mich.

Und er wich, während ich mich abwandte.

Ich drehte mich nicht einmal um, um ihm nachzuschauen.

Ich konnte nicht ...«

An diesem Nachmittag ging Emil die schmalen Wege am Akerfluss entlang.

Der Tag war jetzt ebenso lang wie die Nacht.

Es roch noch nicht richtig nach Frühling.

Die Böschung war nach wie vor hart gefroren, aber das Eis auf dem Fluss hatte Sprünge bekommen und die Enten tummelten sich an den offenen Stellen.

Der Himmel war zweigeteilt.

Im Westen ging gerade die Sonne unter und alles war rot.

Im Osten ging der Mond auf, bleich, und ihm gelang es nicht, den dunklen Himmel spürbar zu erhellen.

Der Himmel spiegelte sich im Fluss.

Schwarzes Wasser mit roten Flecken.

Emil ging diese Wege gern, wenn er sicher sein wollte, dass er allein blieb. Wenn er nicht wollte, dass jemand ihn mit seinem Gerede störte. Oder auch mit seinem Schweigen.

Er sah den Enten zu.

Schade, dass er aus dem Laden nicht ein paar alte Brotreste mitgenommen hatte. Aber sicher fanden die Enten genug Nahrung im Morast.

Trotzdem kam ab und zu ein Enterich auf ihn zu gewatschelt, schüttelte sich und erwartete wohl einen besonderen Leckerbissen.

Emil war nicht allein unterwegs.

Es gab außer ihm so manchen, der an solch einem Spätnachmittag nach dem Frühling Ausschau hielt und in seinem eigenen Schweigen vor sich hin spazierte.

Keiner suchte das Gespräch mit anderen.

Sie bemerkten einander kaum.

Sie spazierten einfach so dahin, ließen die Sonne sinken und den Mond aufgehen und schauten zu den ersten Sternen auf, die die Nacht vorbereiteten.

In einer der wenigen Wolken meinte Emil das Gesicht seines Vaters erkennen zu können.

Und in einem weißen Birkenstamm erkannte er die Gestalt des Vaters.

Er schaute hinunter ins Wasser, sah aber sein eigenes Spiegelbild nicht.

Er entdeckte die Augen des Vaters und der Blick war auf ihn gerichtet.

Emil sagte ohne einen Gedanken daran, dass andere es hören könnten:

»Ich habe ja gewusst, dass es dich irgendwo gibt.«

Nachdem Elise das schwarze Band drei Monate am Arm getragen hatte, beschloss sie es abzulegen.

Aber was tut man mit einem gebrauchten Trauerflor?

Es war unmöglich, ihn einfach wegzuwerfen, einfach in einer Mülltonne verschwinden zu lassen.

Es war nicht irgendein Stück Stoff.

Sollte sie es waschen und bügeln und zusammen mit anderen sauberen Sachen ordentlich in eine Schublade legen und hoffen, dass sie es nie wieder brauchen würde?

Den ganzen Abend saß sie da und schaute das Band an, ohne sich zu irgendetwas entschließen zu können.

Bis sie so müde war, dass sie ins Bett gehen musste.

Als sie am nächsten Morgen aufwachte, steckte sie das schwarze Band einfach in eine Vase auf der Kommode. Sie wollte nicht, dass Emil es auf dem Wohnzimmertisch achtlos liegen sähe.

Dr. Freud

April

»Und was wirst du jetzt unternehmen? … Jetzt wo du keinen Job mehr hast?«

Emil hörte, dass sie von ihm enttäuscht war, und er antwortete: »Es wird sich wohl was finden.«

»Was finden!«, kam es schroff von der Mutter. »Bildest du dir etwa ein, Jobs kommen so ganz von allein geflogen?«

»Auf dem Fridtjof-Nansen-Platz wurde zu früher Morgenstunde alles für den Versuch vorbereitet, die Parkplatzsituation in Oslo zu verbessern:

Parkometer.

Ja, Neues ist neu und ungewohnt.

Aber nun ist es acht Uhr und wir werden sehen, wie der Start sich anlässt.

Jetzt kommt das erste Auto heran.

Fünfundzwanzig Öre für eine halbe Stunde, das ist schon in Ordnung … vorausgesetzt, die entsprechende Münze ist zur Hand.

Zwei Stunden sind das Maximum.

Und keine Frage, die Überwachungsorgane kennen die Uhr.«

Norwegisches Filmjournal, April 1958

Emil hatte sich die Wochenschau angesehen. Es war Donnerstag und somit ein ganz neues Programm.

Danach ging er auf den Fridtjof-Nansen-Platz, um sich die Parkometer anzusehen.

Es standen nicht viele Autos dort.

Die Leute waren schließlich nicht dumm.

Die ganze Stadt war doch voller Gratis-Parkplätze. Wozu also fünfundzwanzig Öre bezahlen … bloß weil es etwas Neues war?

Die Wohnung war leer, als er nach Hause kam. Die Mutter kam meistens später.

Er setzte sich hin und las eine Zeitschrift, die er schon so oft gelesen hatte, dass sie ihm inzwischen langweilig war, und er bekam Lust, sich eine neue zu kaufen.

Er konnte es sich leisten, hatte ganz hinten im Schrank ein paar Kronen versteckt, hatte sie in das Hemd gewickelt, das er zu Weihnachten von Randi bekommen hatte. Es waren Trinkgelder, die er beiseite gelegt hatte, damit seine Mutter sie nicht finden konnte.

Bevor er die Küche verließ, schaute er hinauf zu Mutters bewusstem Glas.

Es war wieder Geld hineingekommen.

Einen Augenblick überlegte er, ob er für die neue Zeitschrift eine Anleihe machen, das eigene Geld noch eine Weile sparen sollte, ging dann aber mit entschlossenen Schritten in sein Zimmer.

Er hielt das Hemd in der Hand.

Fühlte es an.

Er roch daran.

Es roch nicht mehr nach Randi. Eigentlich schade. Sie hatte immer gut gerochen.

Seine Mutter roch immer nur nach gewöhnlicher Seife. Oder nach Schmierseife, wenn sie von der Arbeit nach Hause kam. Seine Mutter hatte Putzfrauenhände. Darüber jammerte sie oft. Randi hatte lange, rotlackierte Nägel.

Er hatte das Hemd nicht mehr angehabt, seit er es am Heiligen Abend anprobiert hatte. Wie gut, dass Randi das nicht wusste. Schließlich war es ein Geschenk. Aber vielleicht würde es jetzt im Frühling angenehm zu tragen sein. Oder im Sommer.

Er konnte es ja einmal probieren.

Er sah sich im Spiegel an.

Gar nicht übel.

Schöne Farben, wenn er es jetzt im Frühlingslicht betrachtete.

Er musste seit damals zugenommen haben. Jedenfalls war er in den Schultern breiter geworden.

Er war männlicher geworden. Schon fast ein Mann, fand er, und lächelte seinem Spiegelbild zu.

In dem nicht mehr ganz neuen Hemd und mit Geld in der Hand blickte er noch einmal hinauf zu Mutters Glas.

Schaute sein eigenes Geld an.

Schielte hinauf zu dem Glas.

Schüttelte den Kopf, als könnte er damit den Anblick der Münzen da oben loswerden.

Aber weder das Glas noch das Geld verschwand.

Konnte ja mal untersuchen, wie viel es war.

Vielleicht sogar noch etwas dazulegen.

Die Hand voller Münzen balancierte er auf dem wackligen Hocker.

Er musste sich ordentlich strecken. Er stand auf den Zehenspitzen, damit die Finger an das Glas heranreichten.

Es hatte noch nie so weit hinten gestanden, fast außer Reichweite.

Gerade als er das Glas erwischt und schon fast in der Hand hatte, merkte er, dass der alte Hocker unter ihm zu schwanken begann. Er hörte es knirschen und fühlte, wie er langsam zu Boden sank.

Es ging nicht schnell. Wie in Zeitlupe gaben die Stuhlbeine unter seinem Gewicht nach, und dann sah er Mutters Sparglas an sich vorbeifliegen.

Ehe er noch selbst eine weiche Landung hinlegen konnte, hörte er das splitternde Glas.

Und er hörte die Mutter hinter sich rufen:

»Emil!«

In diesem Augenblick wünschte er sich nur eins, nämlich selbst in tausend Stücke zerbrochen zu sein.

»Emil!« schrie die Mutter. »Hast du dir wehgetan?«

Wenn er sich doch nur verletzt, ein bisschen geblutet hätte, damit es wenigstens ein bisschen schlimmer ausgesehen hätte. Aber er war rundherum heil.

Keiner, der einem Leid tun konnte.

Nur einer, auf den man zornig sein musste.

Er war auf frischer Tat ertappt worden. Wie ein ganz gewöhnlicher Ladendieb.

Es hatte wohl keinen Sinn sich zu entschuldigen, zu sagen, er habe Geld zurückgeben wollen. Wer würde so etwas glauben?

Er hatte nicht den Mut, seine Mutter anzusehen.

Daher konnte er es absolut nicht für möglich halten, dass er sie kichern hörte.

Er hörte ein unterdrücktes Lachen.

Er drehte sich um, weil er das genau sehen wollte.

In ihren Augen stand wirklich das Lachen.

Sie sagte lächelnd:

»Endlich sehe ich mit eigenen Augen, wie du dich an dem Glas bedienst!«

Emil stotterte hervor:

»Ha ...ast dd ...u ge ...gewusst?«

»Ich habe ja selbst was rausgenommen. Ab und zu.«

»Na ... ja ...?«

»Hatte immer ein schlechtes Gewissen.«

»Schlechtes Gewissen?«

Emil begriff überhaupt nichts.

»Es ist dein Geld«, sagte die Mutter. »Ich habe von meinem Lohn ein bisschen beiseite gelegt. Wollte es für dich sparen. Du hast also von deinem eigenen Geld genommen.«

Emil grinste verwirrt.

Aber das Grinsen verging, als sie sagte:

»Hätte das Geld längst auf die Bank bringen sollen. Du brauchst ein eigenes Sparbuch.«

Ein Sparbuch!

Jetzt konnte er es der Mutter sagen. Jetzt sollte sie es wissen. Sagen, dass er ein Sparbuch hatte und dass an seinem fünfzehnten Geburtstag …

Er kam aber nicht dazu.

Er hörte ihre betrübte Stimme:

»Ich hätte dir so gern gezeigt, Emil, dass zumindest einer von uns beiden an deine Zukunft denkt.«

Das Sparbuch, dachte Emil. Jetzt, in diesem Augenblick würde seine Mutter nur traurig werden, wenn sie es erführe.

»Weißt du, Emil, je älter ich werde, desto lieber habe ich den Frühling. Er kommt mir irgendwie nicht schnell genug. Tag für Tag gehe ich an den Akerfluss und sehe nach den Kastanienbäumen. Es ist jedes Mal eine Enttäuschung, wenn die Knospen seit gestern nicht größer geworden sind. Mir kommt es vor, auch in mir will etwas zerspringen.

Ich werde wohl langsam alt, Emil. Vielleicht habe ich den Frühling jetzt deshalb so gern ... Dass ich mir wünsche, alles sollte irgendwie neu beginnen ... Ich weiß nicht, aber ... Ich habe immer ein bisschen was vom Herbst bei mir ... In meiner Tasche ... Jeden Herbst hebe ich eine Kastanie auf und stecke sie in die Tasche ... Dort lasse ich sie bis zum nächsten Herbst ... Bis ich eine neue finde.«

Es war spät an einem Samstagabend.

Schon lange hatten Emil und seine Mutter nicht so beisammengesessen.

Emil war müde. So müde, dass ihm schon der Gedanke zu viel war, aus dem bequemen Sessel aufzustehen, aus dem Zimmer und in die Küche zu gehen, um sich zu waschen, die Zähne zu putzen, aus der Küche durchs Wohnzimmer in sein Zimmer zu gehen, sich auszuziehen, den Pyjama anzuziehen, die Bettdecke hochzuheben und vielleicht auch noch das Laken strammziehen zu müssen. Er wünschte sich, durch Zauberkraft fix und fertig unter der Decke zu liegen.

Also blieb er lieber im Sessel sitzen und ließ die Mutter reden, ohne dass er richtig zuhörte. Es war wohl nicht so wichtig, was sie da erzählte.

Die Mutter war auch müde.

Sie redete wohl nur, um sich wach zuhalten.

»Emil …«, sagte sie gähnend. …»Ich denke so oft daran … dass ich bald einen erwachsenen Sohn habe … Dass du eines schönen Tages … Dass ich dann *ganz* allein hier in der Wohnung bin …«

Sie musste so sehr gähnen, dass ihr Tränen in die Augen traten, aber solche Tränen braucht man nicht abzuwischen.

»Allein«, sagte sie noch einmal. »Über dieses Wort habe ich in letzter Zeit viel nachgedacht.«

Sie schwieg ein Weilchen.

Dachte vielleicht wieder nur an dieses kleine Wort.

Fuhr fort:

»Du weißt, Emil, die Leute sagen, je älter man wird, desto mehr schätzt man das wenige, das man hat. Früher habe ich dem keinen Glauben geschenkt, aber …«

Sie seufzte.

Emil fiel auf, dass er sie lange nicht hatte seufzen hören. Es war ihm fast angenehm, es wieder einmal zu hören.

»Ich habe mich jetzt an den Gedanken mit Erik gewöhnt. Aber mit ihm selbst bin ich irgendwie noch nicht fertig … Werde es wohl nie werden … Es ist, als wäre er immer bei mir … Mehr als früher …«

Dann sagte sie etwas, das Emil hellwach machte:

»Ich wüsste gern, was Liebe wirklich ist.«

Sie hörte sich an wie ein kleines Mädchen, das mit seiner Freundin spricht. Und es gefiel Emil, dass sie so mit ihm sprach, obwohl er kein Mädchen war.

Er sah zu ihr hinüber.

Sie warf ihm einen Blick zu.

Als erwarte sie, dass er eine Antwort auf diese schwierige Frage hätte.

Noch ehe sie einander zu lange in die Augen gesehen hatten, schlugen sie den Blick verlegen nieder.

Sie wagte weiterzusprechen:

»Ich möchte nur wissen, ob ich ihn erst jetzt richtig gern habe … Ihn wirklich liebe, meine ich … Vielleicht ist es zu spät, aber … Vielleicht habe ich es bisher nicht geschafft …«

Sie rieb sich die Augen, die nach weiterem Gähnen feucht waren.

»Erik und ich … wir haben einander nie erwählt … Das ist wahr … Wir hatten nie eine Wahl … Wir mussten einander einfach nehmen, wie wir waren … Hätte ich dich nicht bekommen, Emil, wer weiß, ob …«

Damit er nicht dächte, das sei ein Vorwurf, wollte sie ihm die Hand geben. Er saß zu weit weg, so dass sie ihn nicht erreichen konnte. Aber die kleine Handbewegung genügte ihnen beiden.

»Als wir beide jung waren, dein Vater und ich … Wir hatten gar keine Zeit, einander kennen zu lernen … jedenfalls nicht richtig kennen zu lernen … Und als er aus Deutschland zurückkam, war er ein ganz anderer Mann als der, den ich zu kennen glaubte … Das ist jetzt schon dreizehn Jahre her.«

»Dreizehn Jahre«, wiederholte sie leise.

Musste dann lächeln:

»Die Leute sagen, dreizehn sei eine Unglückszahl. Aber vielleicht erlangen wir erst jetzt unsern Seelenfrieden, alle drei.«

Sie sprach die Namen aus:

»Erik, dein Vater … Du, Emil, mein Sohn … Und …«

Sie zögerte ein wenig:

» … und ich selbst … Elise … Elise Alm.«

Wurde wieder ernst:

»Ich … Seine Frau … Seine Ehefrau und Gattin.«

Obwohl Emil jetzt nicht weniger müde war, bemerkte er die Veränderung in ihrer Stimme deutlich.

Etwas Wehmütiges und Verbittertes, das er bisher nie vernommen hatte.

»Aber ich habe mir und anderen ja immer gesagt«, fuhr sie mit ihrer gewöhnlichen Stimme fort, »dass ich ihn lieb habe. Musste doch selber daran glauben … Und dass er mich lieb hatte … Vielleicht war es aber gar nicht der Fall … Oder vielleicht war es doch wahr …«

Sie schaute wieder zu Emil hinüber:

»Langweilt dich das Zuhören?«

Er schüttelte müde den Kopf.

Es war schön, dass sie so mit ihm sprach, auch wenn er nicht alles hörte. Es stimmte nicht, dass sie mit ihm wie mit einem Mädchen sprach.

Sie sprach mit ihm wie mit einem Mann.

Wie mit dem Mann, der er geworden war.

Er wollte ihr zeigen, dass er sich wach halten konnte, bis sie selbst nicht mehr aufbleiben mochte.

Er hörte sie sagen:

»Ich habe mir ja gewünscht, dass alles anders wird ... Konnte doch nicht ahnen, dass es so laufen würde ...«

Freilich habe ich mich manchmal weit weg gewünscht.

Ich bin auf die Brücke am Akerfluss gegangen und habe mir die Figuren angesehen.

Weißt du, ich habe das Mädchen immer beneidet, das auf dem Rücken des Bären sitzt ... Das Mädchen aus dem Märchen, du weißt schon ...«

...

»Jetzt habe ich auch noch vergessen, wie es heißt ...

Da siehst du's, Emil! Ich werde langsam alt ... Bin schon vergesslich geworden ...

Habe sie immer beneidet, ist wohl eine Prinzessin, die so sicher und gut auf dem weichen Rücken sitzt und einfach mitgenommen wird an einen anderen Ort ...

... Ich habe das Märchen nie gelesen, habe also keine Ahnung, wohin sie kommt oder warum es ein Bär ist ...

Hätte es gern gelesen, aber ... Kann doch nicht einfach in die Bibliothek gehen und nach einem Buch fragen ... Einem Märchenbuch ... Einem Kinderbuch in der Jugendabteilung ...

... Ich bin doch auch nie in die Abteilung für Erwachsene gekommen ...«

Emil musste während des Geredes von Märchen und Prinzessinnen und Büchern und Bibliothek doch eingeschlafen sein. Denn er schreckte plötzlich hoch, als er die Stimme seiner Mutter von weit her hörte:

»Ich habe nie erfahren, wie dieser Mann eigentlich hieß, von dem Erik so viel gesprochen hat ... In der ersten Zeit nach seiner Rückkehr ... Er war in Deutschland mit ihm zusammen ... Ich habe nur mitgekriegt ... dass sie sich gut verstanden haben ...«

Emil setzte sich in seinem Stuhl besser zurecht.

Mit geschlossenen Augen.

Nicht um zu schlafen.

Nur um seine Mutter besser hören zu können und sich von dem, was er sah, nicht stören zu lassen.

»... Erik hat viele Male gesagt, er habe es diesem Mann zu verdanken, dass er lebend nach Hause gekommen ist ... Er hat gesagt, dass dieser Mann der beste Mann sei, den er je gekannt habe ... Die beiden müssen sich wirklich gern gehabt haben ... Ich habe zu Erik gesagt, er müsse den Mann wieder aufsuchen ... Ich glaube, das hätte ihm nur gut getan ... Meinst du nicht? ... Ich habe Erik fast bedrängt, es zu tun ... wenn es ihm besonders schlecht ging ... wenn er besonders schlimm dran war ... Und vielleicht wäre es für mich auch gut gewesen ...«

Emil hätte sich gewünscht, dass sie lauter spräche.

Sie sprach, als wolle sie ihn eigentlich nicht stören.

Dass sie glaubte, er schlafe.

Er wollte all die Worte hören, die sie zu sagen hatte. Jedes einzelne Wort. Wollte alle Worte deutlich hören, ohne befürchten zu müssen, dass ihm auch nur ein einziges verloren ginge.

Als sie eine Weile schwieg, hätte Emil am liebsten die Augen geöffnet, um zu sehen, ob sie zu müde geworden war, um mehr zu erzählen, zu sehen, ob jetzt vielleicht sie eingeschlafen war.

Er ballte die Fäuste, spannte den ganzen Körper wie eine Bogensehne. Durfte nicht nachlassen. Durfte nicht noch einmal einschlafen.

Er hörte die Mutter gähnen.

Es war ein lang andauerndes Gähnen.

Am liebsten hätte er selbst tief aufgeseufzt.

Doch endlich fuhr sie fort:

»Er ist wahrscheinlich nie zu diesem Mann gegangen ... Nicht, soweit ich wüsste ... Aber weißt du, was ich glaube ...?«

»Ich glaube, dass Erik sich in seinem tiefsten Inneren vor ihm gefürchtet hat ...

Dass Erik ...

Ich weiß nicht, Emil ... Ich bin einfach nicht gewöhnt, über solche Dinge zu sprechen.

Trotzdem glaube ich, dass Erik sich einfach davor gefürchtet hat, dass der andere ihn zu viel erinnern würde an das verdammte ...

Sich davor gefürchtet hat, dass es für ihn noch viel schlimmer werden würde, als es schon war, wenn er diesem anderen Mann begegnet …

So kam es mir zumindest vor …«

Ob sie noch weitersprach, erfuhr Emil nie.

Obwohl er sich mit Leibeskräften dagegenstemmte, schlief er irgendwann ein.

Er wachte davon auf, dass seine Mutter ihn leicht schüttelte.

Sie lächelte:

»Leider muss ich dich wecken, damit du schlafen gehen kannst. Du kannst nicht die ganze Nacht hier im Lehnstuhl sitzen bleiben.«

Sie strich ihm sanft über die Wange:

»Du bist über meinem vielen Reden eingeschlafen … Verzeih mir, Emil, aber es hat so gut getan, sich über all das ein bisschen auszusprechen … Ich hab ja nur dich … Und Randi … Aber die … Die hört nie zu, wenn jemand anderer redet … Und so wie es ihr momentan geht … Da dürfte ich mich überhaupt nicht beklagen … Sei froh, dass sie ein bisschen Abstand wahrt … Sie ist keinesfalls die richtige Gesellschaft für junge Männer …

Hätte das wohl nicht sagen sollen, aber …«

»Mir ist das noch nie aufgefallen. Eigentlich erst jetzt ...«, sagte die Mutter, als sie Schrank und Schubladen umräumte, um die Sachen von Erik, ihrem Mann und Emils Vater, auszusortieren.

»Ich habe nicht einmal ein Bild von ihm. Kein einziges Foto«, sagte sie, während sie jede einzelne Socke, jedes Hemd, ja sogar Unterwäsche und Taschentücher sorgfältig in einen Karton legte.

»Kein Jugendbildnis aus der Zeit, als wir uns kennen lernten. Kein Foto von dem Tag, an dem er zurückkam. Auch keine Aufnahme von später.

Ich habe nicht einmal ein Hochzeitsbild.

Wir sind an dem Tag nicht zum Fotografen gegangen.

Schade, dass wir dafür weder Zeit noch Geld aufgebracht haben.

Aber wahrscheinlich waren wir auch nicht gerade etwas zum Fotografieren.

Hatte ja immer davon geträumt, eine weiße Braut zu sein, aber ... Und mit einem Myrthenkranz im Haar ... wie alle andern auch, wenn sie heiraten ... Ganz unschuldig irgendwie.

Aber ich wollte mich nicht lächerlich machen, ich erinnre mich genau, dass ich das dachte.

Also ist es einfach so gekommen ... Dass wir auf dem Standesamt geheiratet haben ... Wie zwei Heidenkinder ... nicht einmal in einer richtigen Kirche ...

So wollte er es haben, dein Vater.

So bekam er es auch.«

Wieder hörte Emil die bittere Trostlosigkeit heraus.

Sie sprach weiter, während sie nachsah, ob sie alle seine Schuhe beisammen hatte:

»Auch kein Taufbild von dir, Emil ... Mit deinem Vater.

Ich hatte mir ja vorgestellt, dass du getauft wirst, aber …

Wir hatten darüber reden wollen, sobald alles in Ordnung gekommen war … Aber so weit sind wir nie gekommen.

Es ist, als wäre von ihm nichts geblieben«, sagte sie, als Emil ihr zusah, wie sie den Karton mit Eriks Sachen hinaus trug, um ihn auf dem Dachboden zu verstauen.

Als Emil das erste Mal klingelte, war er sicher, dass niemand zu Hause war. Er nahm wahr, wie leer sich der Ton auf der anderen Seite der Tür anhörte.

Beim zweiten Mal war er überzeugt, dass jemand in der Wohnung war. Er hörte es am Klingeln, hörte aber auch, dass jemand durch den Flur schlurfte. Er legte das Ohr an die Tür. Klingelte noch einmal. Keine weiteren Geräusche, aber er merkte, dass jemand auf der anderen Seite stand und horchte.

Beim dritten Mal war er noch kaum an den Klingelknopf gekommen, als die Tür schon aufgerissen wurde.

Alle drei Male trug er das Hemd, das er zu Weihnachten bekommen hatte.

Er hoffte, Randi werde sich freuen, wenn sie ihn darin sah.

Sie freute sich nicht. Sie war nur überrascht, als sie ihn sah.

»Was willst du?«, fragte sie. Es sah zunächst aus, als wolle sie ihn nicht einlassen.

»Wollte nur …«, sagte Emil, kam aber nicht weiter.

»Hat deine Mutter dich geschickt?«

Emil schüttelte den Kopf.

»Sie weiß nicht, dass ich hier bin. Ich wollte nur …«

Er sah ihr Gesicht, die vorstehenden Backenknochen.

Die Augen waren wie eingedrückt.

Das Weiße darin war rot und von einem schwarzen Ring umgeben.

Ihm fiel auf, dass sie sich nicht geschminkt hatte.

»Bist du krank?«, fragte er.

Sie gab keine Antwort.

»Ich wollte nur nachsehen, wie es dir geht«, sagte Emil und wusste, dass er die Wahrheit sprach. Er war über die Worte seiner Mutter erschrocken, als sie meinte, er solle Randi meiden.

Hoffte, ihr irgendwie helfen zu können. Trotz allem.

Sie war Randi. Lailas Mutter.

Und er wollte es wissen. Er wollte eine Antwort suchen, obwohl er die Frage nicht kannte. Als suchte er nach sich selbst und seinem eigenen Leben. Nach all den Geheimnissen, nach allem, was die Erwachsenen verbargen.

Er wollte in diese Geheimnisse eindringen.

Daher empfand er eine gewisse Unruhe, als Randi ihn doch einließ.

Die Räume hatten sich verändert.

Vieles war seit dem letzten Mal verschwunden.

Keine Bilder mehr an den Wänden, keine Decke auf dem Tisch, nicht einmal Teppiche auf dem Fußboden, all das, was es bei ihr so gemütlich gemacht hatte.

»Verkauft«, sagte Randi, als sie merkte, was er suchte.

»Willst du umziehen?«, frage Emil.

Es klang mehr nach Schluckauf als nach Lachen:

»Umziehen …? Ich …? Wo sollte ich Geld für einen Umzug hernehmen? … Bin pleite … Deshalb verkaufe ich, verstehst du.«

Emil merkte, dass er etwas Dummes gefragt hatte.

Er war froh, dass sie nicht im Unterrock dasaß. Der wäre ihr bestimmt heruntergerutscht, so mager wie sie war.

Als sie sich vorbeugte, sah er, wie ihre Wirbelsäule sich am Kleid abzeichnete. Er konnte jeden einzelnen Wirbel erkennen.

Sie beugte sich so weit vor, dass ihr der Kopf fast in den Schoß fiel.

Emil sah, wie sie zitterte.

Randi zitterte am ganzen Leib.

Emil stand schnell auf.

»Randi …?«, fragte er.

Er ging auf sie zu, stellte sich vor sie hin. Fragte:

»Kann ich dir irgendwie helfen?«

Doch sie antwortete:

»Du hättest mich lieber in Ruhe lassen sollen … so wie alle andern mich in Ruhe lassen … Ihr habt hoffentlich inzwischen begriffen … Dass ich allein sein will!«

Emil glaubte sie trösten zu können:

»Aber Mutter ... was ist mit meiner Mutter ...?«
Es hörte sich an, als sage sie es mit einem Lachen:
»Zum Teufel mit deiner Mutter!«
Aber es war kein Scherz. Es war purer Ernst.
Denn sie fuhr mit lauter Stimme fort:
»Eine Zeit lang ist sie hier aus und ein geflogen ... Wollte es ihr erst nicht verwehren ... Aber dann hat sie angefangen sich zu kümmern ... Um mich ... Um alles ... Dann hat sie angefangen zu schimpfen ... Alles war verkehrt ... Teufel nochmal ...! Dachte wohl, nur sie hat das Recht, allein zu sein ... Dass in der ganzen Welt nur sie nicht das gekriegt hat, was sie wollte ... Ja, sie soll sich zum Teufel scheren ... Sag ihr einen schönen Gruß und ...«
Emil richtete sich auf. Hatte nicht erwartet, solche Worte über seine Mutter zu hören.
Gewiss konnte Randi einem Leid tun, aber ...
Sie spricht von meiner Mutter, dachte Emil.
»Sie ist absolut nur von sich selbst eingenommen«, fuhr Randi fort.
»Nicht gerade von sich eingenommen«, versuchte Emil zu protestieren.
»Genau das ist sie ...! Denkt nur an sich selbst ...«
»Sie will anderen Gutes tun!«
»Pfui Teufel ...!«
Randi atmete schwer.
Offensichtlich hatte das laute Sprechen sie angestrengt.
Mit ruhigerer Stimme sagte sie:
»Dein Vater ist auch hier gewesen ...«
»Vater ...?«
»Erik, ja ... Er stand genau dort, wo du jetzt stehst.«
»Wann?«
»Hätte es nicht sagen sollen«, kam es von der Frau im Lehnstuhl. »Ich hab es ihm versprochen ... Es keinem zu sagen.«
Sie blickte schnell zu Boden, als hätte sie es für einen Augenblick wirklich bereut. Aber sie bedachte Emil schnell wieder mit Blicken und sagte mit einem höhnischen Lachen:
»Ich, ich kann wohl kein Geheimnis für mich behalten.«
»Vater ...?«, fragte Emil noch einmal.
Sah, dass Randi lächelte.

»Mein Vater und du …?«, sagte er

Er wedelte mit der Hand, als wolle er alle bösen Gedanken verscheuchen.

»Du denkst wohl immer nur das Schlimmste von den Leuten, Emil!«

»Ich denke überhaupt nichts. Ich höre nur, was du sagst.«

»Oh nein, du!«, sagte Randi plötzlich mit energischer Stimme. Sie räusperte sich, um den Hals frei zu bekommen:

»Wir haben nur miteinander geredet … dein Vater und ich … Ganz so wie du und ich das immer getan haben …«

Sie schaute ihn an und die Spottlust war wieder zu sehen:

»Aber ich hätte so gern …«

Ihre Stimme klang heiser. Sie lachte rau. Wurde aber wieder ernst:

»Aber es ist lange her, Emil … dass Erik hier war … Im Herbst … Im September … Da stand er in seinen Knickerbockers und … hat irgendwie sportlich ausgesehen … So adrett hatte ich ihn noch nie gesehen … Hat fast nichts gesagt … Hat nur gesagt, dass er sich entschlossen hat … Aber ich weiß nicht, wozu er sich entschlossen hat.«

Nein, das hast du nicht gewusst. Du auch nicht, dachte Emil.

»Es war gerade so, als wollte er um Verzeihung bitten … Als wollte er mir für etwas danken … und dann hat er gesagt …«

Randi atmete wieder schwer. Kämpfte mit den schwierigen Worten.

Emil hätte ihr gern die Arme um die Schulter gelegt, sie aufgerichtet. Aber er ließ sie einfach nur ausreden.

Langsam.

Niemand war jetzt in Eile.

»Und dann hat er mich um was gebeten … Fast wie ein Bettler … Ich werde diese Augen nie vergessen … Er hat mich gebeten, dass ich mich um dich kümmre, Emil … Hat mich gebeten, dass ich dir helfe, wenn etwas sein sollte …

Fast hätte ich gelacht. Er, der mich nie hat leiden können! Und ich, die nicht einmal auf sich selber aufpassen kann!

Und wie er dann gegangen ist … Er hatte richtig gute Laune … So einen Eindruck hat er gemacht … Da hat er gesagt, jetzt geht er zu einem guten Freund … Seinem allerbesten Freund, hat er gesagt … Und jetzt würde alles gut … Dass er selbst Hilfe kriegen würde …

…Und dann habe ich zu ihm gesagt, Emil … dass es wohl besser wäre, Erik geht zu dem als zu mir … Hab ihm die Tür gewiesen … Aber ich habe ihn nicht rausgeworfen … Jedenfalls war das nicht meine Absicht …

Ich gehe zu dem Menschen, auf den ich mich immer habe verlassen können, hat er gesagt.

Was weiß ich …«

Nein, Randi.
Niemand sonst weiß es.

Nur ich weiß es, dachte Emil.

Ich habe es von meiner Mutter erfahren. Der Kaufmann hat mir erzählt, was er wusste. Und du hast mir erzählt.

Jetzt weiß ich viel über meinen Vater und ich kenne ihn jetzt besser.

Ich kenne fast seine ganze Geschichte.

Und ich weiß nicht, ob ich mehr wissen will.

Nicht über ihn.

Auch nicht über dich, Randi.

Vielleicht nicht einmal über Laila.

Emil erfuhr mehr.

Erfuhr es von einem Menschen, von dem etwas zu erfahren er nie vermutet hatte.

Sie stießen an einem ganz gewöhnlichen Tag zufällig aufeinander.

Es passierte, als Emil um eine ganz gewöhnliche Hausecke bog.

Er ging schnell, hatte wenig Zeit, obwohl er kein bestimmtes Ziel hatte. Passte nicht genug auf, sah nicht, dass jemand aus der anderen Richtung kam. Sie standen sich nicht einfach von Angesicht zu Angesicht gegenüber. Sie prallten zusammen und wären beide fast hingefallen.

Es tat weh.

Emil wollte gerade auf den anderen losschimpfen, ihm sagen, er möge besser aufpassen, als er entdeckte, wem er da in die Arme gelaufen war.

Dem Jungen aus dem Laden.

Dem Jungen, der dort hatte stehlen wollen.

Als der Junge ihn packte, ihn am Arm festhielt, so dass seine Schmerzen sich verstärkten und es ganz unmöglich war abzuhauen, wusste Emil sicherer als zuvor, dass Diebe sich immer rächen.

Ein Lächeln überzog das Gesicht des Jungen.

Aber Emil wollte sich nicht täuschen lassen.

Der Junge lächelte bestimmt nur aus Rachsucht.

Er sagte:

»Ich habe gewusst, dass wir uns wieder begegnen.«

Emil fühlte einen eisigen Strahl durch sein Rückgrat wirbeln.

»Ich habe nach dir gesucht«, sagte der Junge. »Ich muss mit dir reden. Du kannst nicht einfach so ohne weiteres verschwinden.«

Emil verstand, dass er es ernst meinte.

Aber er verstand nicht, warum der andere sagte:

»Ich bin nur deinetwegen in den Laden gekommen.«

Sein Griff war immer noch gleich fest, tat aber nicht mehr so weh.

»Dachte, du begreifst das«, fügte er hinzu.

Emil schüttelte nur den Kopf. Begriff überhaupt nichts mehr.

Der Junge erklärte.

»Konnte da drin nicht mit dir reden. Du weißt genau, warum.«

Nein, Emil wusste es nicht.

»Die mögen mich nicht. Die glauben, ich komme nur, um zu stehlen.«

»Stehlen!«, sagte Emil treuherzig.

»Und wenn sie dächten, du und ich, wir kennen einander …«

Der Junge lächelte immer noch. Tat ganz geheimnisvoll.

War vielleicht gar nicht so gefährlich …?

Emil nickte bedächtig.

»Du hast auch gedacht, ich will etwas stehlen, nicht wahr?«

Emil wagte weder zu nicken noch den Kopf zu schütteln.

Der Junge sprach so gewählt. Als wäre er vom anderen Ende der Stadt. So sprach doch wohl kein gewöhnlicher Ladendieb?

»Pfui Kuckuck! So was von mir zu denken …! Und dann hab ich so eine Wut auf dieses Sauweib an der Kasse gekriegt …! Verdammter Schülerausweis …! Verflixt und zugenäht …! Ich bin über sechzehn …! Das sieht man doch, oder …?«

Nein, streng genommen, sprach er nicht gewählt.

Aber der Junge beruhigte sich schnell:

»Ich wollte gar keine Zigaretten. Ich rauche nicht. Und außerdem war ich blank … Habe nur gehofft, du kommst mit raus auf die Straße … Gehst mit um die Ecke, damit keiner uns sieht.«

Noch schwieriger zu begreifen: Warum sollte er mit einem wildfremden Menschen um die Ecke gehen, einem Menschen, der trotz allem …

»Ich habe lange gewartet … Danach habe ich mich in den Laden geschlichen … Habe gesehen, dass du runter ins Lager gehst … Und dann bin ich versehentlich an den Lichtschalter gestoßen … Und es ist stockfinster geworden … Und …«

Ein kurzes Auflachen:

»Keine Ahnung, wer von uns mehr erschrocken war.«

Immer schwieriger, irgendetwas zu begreifen.

Doch dann bekam Emil zu hören:

»Sollte dich nur von jemand grüßen.«

Jetzt konnte Emil nicht mehr schweigen:

»Von wem?«

»Von jemand, den du kennst.«

»Kenne ja einiges an Leuten, also …«

»Grüßen von jemand, den du gern hast.«

»Hab wohl etliche Leute gern, also …«

»Jemand, der dich gern wieder sehen möchte.«

Emil spürte, dass er rot wurde, feuchte Hände bekam und unter den Armen schwitzte.

»Sollte dich nur von Laila grüßen«, sagte der Junge.

»Laila!«

Emil blieb fast die Luft weg.

Der Junge ließ ihn los und Emil stand auf eigenen Beinen.

»Wo …?«, brachte er heraus.

Der Junge ließ sich Zeit, ehe er antwortete:

»Das ist egal … Sie ist jetzt sowieso weg.«

»Wo …?«, brachte Emil ein zweites Mal heraus.

»Das kann ich dir nicht beantworten«, erwiderte der Junge.

»Wann kommt sie wieder?«, kam es von Emil.

»Das kann ich dir auch nicht beantworten«, erwiderte der andere und lächelte erneut und es sah aus, als wisse er die Antwort sehr wohl.

Emil hatte nur noch eine Frage:

»Wie heißt du?«

»Warum willst du das unbedingt wissen?«

»Naaa …?«

»Wir kennen einander nicht.«

»Nein …!«

»Wenn du es unbedingt wissen musst …«

» … Ja?«

»Du kannst mich Freud nennen«, erwiderte sein Gegenüber.

Freud?

Irgendwie kam Emil der Name bekannt vor, aber er konnte sich nicht erinnern, wo er ihn schon gehört hatte.

»Aber besser gefällt mir, wenn du mich Doktor Freud nennst«, sage der Junge.

Emil konnte nichts als lachen, als er den Namen aussprach: *»Doktor Freud!«*

Der da neben ihm stand, war ganz bestimmt kein Arzt.

Mai

Alles freut sich auf den Mai und jeder kennt das Lied von dem lieben Monat, der die Bäume wieder grün macht.

Der Monat ist für die Norweger voll freier Tage, Freiheitstage, Befreiungstage. Es sind Tage, an denen die rot-weiß-blaue norwegische Flagge an allen Fahnenmasten gehisst wird und wo in jeder Stadt, in jedem Dorf die Musik spielt. Es ist der Monat, in dem die Frühjahrskleider zum ersten Mal ausgeführt werden. Oder wo man funkelnagelneue Kleider herzeigt. Und es kann sein, dass neue Schuhe Blasen an die Füße scheuern und man sich wünscht, dass die alten noch nicht zu unansehnlich geworden wären.

So gern haben alle Norweger diesen Monat, dass sogar der König und seine Familie eines schönen Tages heraus auf den Balkon des Schlosses kommen, um alle Bewohner des Landes zu begrüßen. Ganz besonders gern zieht der König den Hut aber vor den Kindern, die ihm mit Fähnchen in den Händen zuwinken und die in der Schule lernen, dass es kein besseres Volk gibt als jenes, das sich im Norden von der zerklüfteten Meeresküste bis hin zu den felsigen Bergen fest mit seiner Heimat verbunden fühlt.

»Im Mai bleibe ich so viel wie möglich im Haus«, sagte Doktor Freud zu Emil. »Ich mag diesen Monat nicht. Er erinnert mich zu sehr an …«

Er verriet nicht, woran der Monat ihn erinnerte.

Er sagte nur:

»Jeder Mensch besitzt seinen eigenen, freien Willen.«

Für Emil klang das so feierlich, dass er fragte:

»Wer hat das gesagt?«

»Niemand«, antwortete Doktor Freud. »Niemand hat mir das gesagt.«

»Aber«, fügte er hinzu. »Ich habe es irgendwo gelesen.«

Emil schaute all die vielen Bücher in dem Raum an, in dem sie saßen.

Es lagen Bücher auf dem Tisch und es hatten Bücher auf den Stühlen gelegen. Sie mussten sie auf dem Fußboden stapeln, um sich hinsetzen zu können. Es gab Bücher in einem Regal und es gab Bücher, die schon vorher auf dem Fußboden gelegen hatten.

»Hast du die alle gelesen?«, wollte Emil wissen.

»Fast alle«, sagte Doktor Freud mit jenem gewissen Blick, der Emil keinen Zweifel erlaubte.

»Die, zu denen ich noch nicht gekommen bin, werde ich bald lesen. Wozu sollte ich sonst Bücher haben?«

Emil nahm die Erklärung hin.

»Wer ein Buch liebt, wird nie einen Freund oder Ratgeber vermissen«, sagte Doktor Freud.

Wieder musste Emil fragen:

»Wer hat das gesagt?«

Wieder antwortete Doktor Freud:

»Niemand hat das gesagt. Ich habe es gelesen.«

Es war die Freude darüber, Neues von Laila zu hören und auf ein baldiges Wiedersehen hoffen zu dürfen, die Emil sofort ja sagen ließ, als Doktor Freud ihn gefragt hatte, ob er zu ihm nach Hause kommen wolle.

Und er könne gern ein wenig hungrig sein, hatte Freud gesagt.

Dann könnten sie zusammen einen Bissen essen.

Eine gute Mahlzeit führt die Menschen zusammen, hatte Freud feierlich gesagt.

Emil zog sein schönstes Hemd an, nämlich das, das er von Randi bekommen hatte. Er nahm die Hose aus dem Schrank, die er sich für den Nationalfeiertag am 17. Mai gekauft hatte. Konnte sie ruhig schon vorher einmal probieren, um sich an sie zu gewöhnen.

Mit den Schuhen nahm er es nicht so genau.

Die würde er ja sowieso in der Diele ausziehen und dort stehen lassen.

Konnte doch zu wildfremden Menschen nicht einfach so mit schmutzigen Schuhen in die Wohnung stiefeln.

Er musste nicht nur lächeln, sondern sogar lachen, als er sich fein machte.

Wollte gern besonders gut aussehen, wenn er die Mutter oder den Vater von Doktor Freud kennen lernte oder sogar gleich beide Eltern.

Das Haus war leicht zu finden, Emil ging einfach zur Haustür hinein.

Aber den Namen fand er auf keinem einzigen Briefkasten.

Nirgends stand FREUD zu lesen.

Er ging die Treppe hinauf bis in die fünfte Etage. In jedem Stockwerk las er die Türschilder genau. Las sie sicherheitshalber beim Hinuntergehen noch einmal ebenso genau. Ohne den richtigen Namen, FREUD, zu finden.

Er ging hinaus auf die Straße, um nachzusehen, ob er sich vielleicht doch in der Hausnummer geirrt hatte oder sogar im Straßennamen. Aber alles stimmte mit den Angaben überein, die er bekommen hatte.

Noch einmal ging er in das Haus und überprüfte die Briefkästen. Es konnte immerhin etwas in so kleiner Schrift irgendwo stehen, dass er es übersehen hatte.

Er überlegte, ob er an einer Tür klingeln und nach Freud fragen sollte. Es war ein seltener Name, aber doch leicht zu merken. Selbst wenn der Junge noch nicht lange hier wohnte und noch nicht dazu gekommen war, ein Namensschild anzubringen, kannte der Nachbar die Familie bestimmt.

Aber Emil kam sich schon dumm vor, weil er sich nicht selbst zurechtfand, und er wollte sich nicht noch mehr blamieren.

Also ging er in den Keller hinunter, um nachzusehen, ob es vielleicht ein Souterrain gab.

Musste zumindest alles untersucht und überprüft haben. Konnte nicht hinterher zu Dr. Freud kommen und sagen, dass …

Aber es gab dort unten keine Wohnung. Es gab nur zwei Türen. Gewöhnliche Kellertüren.

Emil probierte beide und beide waren verschlossen.

Aber er hörte etwas. Es war Musik. Ein ganzes Orchester.

Ein Radio spielte.

Es war die Art von Musik, die er und seine Mutter immer sofort ausschalteten.

Er wusste nicht, wo er den Mut hernahm, vielleicht, weil er sich so darauf freute, Doktor Freud zu treffen. Er klopfte einfach an die Tür, als kenne er sich hier unten aus wie in seiner eigenen Westentasche.

Drei Mal klopfte er und hoffte, dass aller guten Dinge wirklich drei wären.

Und er atmete erleichtert auf, als Doktor Freud sich kurz darauf an der Tür zeigte.

Nur sagte er kein Wort zu Emil.

Doktor Freud legte nur den Zeigefinger an den Mund und bedeutete seinem Gast zu schweigen, während er ihm durch einen finsteren Gang folgte und die Musik immer lauter wurde.

Es war kein Radio.

Es war eine Schallplatte, die Doktor Freud ganz freiwillig aufgelegt hatte.

Er sagte weiterhin kein Wort zu Emil. Ließ ihn einfach mitten im Raum stehen und kehrte ihm den Rücken zu.

Er hob die Arme und tat, als dirigiere er das Orchester, das aus dem Lautsprecher tönte.

Emil hätte sich am liebsten die Ohren zugehalten Aber er wusste, das würde Doktor Freud bestimmt nicht gefallen, und er wollte ihn nicht als Freund verlieren. Obwohl sie ja noch nicht einmal richtig Freundschaft geschlossen hatten.

Auch als Emil dachte, die Platte wäre jetzt zu Ende gespielt, wurde er aufgefordert, zu schweigen und einfach stehen zu bleiben.

»Es geht auf der anderen Seite weiter«, sagte Doktor Freud andächtig.

»Das hat gar nicht alles auf einer Seite Platz.«

Er hob die Schallplatte an und drehte sie vorsichtig um, als wäre sie aus purem Gold.

»Wagner!«, sagte er, während er die Arme wieder hob und sich auf die Fortsetzung der Musik einstellte.

Emil konnte sich nicht erinnern, diesen Namen je gehört zu haben.

»Richard Wagner!!«

Irgendein Name eben. Und bestimmt nicht einmal norwegisch.

»Es ist die schönste Musik der Welt!!!«

»Du magst solche Musik?«, fragte Emil überrascht.

»Götterdämmerung«, kam es leise von Doktor Freud, der mit erhobenen Armen und angespanntem Körper darauf wartete, dass die Grammophonnadel in die erste Plattenrille finden würde.

»Du wirst jetzt den zweiten Teil von Siegfrieds Tod zu hören bekommen und den Trauermarsch,« flüsterte Freud.

Emil hätte fast zu lachen begonnen. Biss sich in die Lippe.

Doktor Freud würde es bestimmt mächtig übel nehmen, wenn Emil über ihn lachte, aber für ihn sah der andere nur wie ein Schlittschuhläufer aus, der zum Fünfhundertmetersprint ansetzte.

Es klang wie ein echter Startschuss. Plötzlich dröhnte die Musik durch den Raum. Emil zuckte zusammen.

Diesmal sprach Doktor Freud selbst laut, während das Orchester spielte und er es dirigierte.

Er sprach sehr laut.

Er schrie, damit man ihn überhaupt hören konnte:

»Horch ...! ... Jetzt hör!! Jetzt kommt's ...! Trommeln ... und sämtliche Blasinstrumente ... Die Geigen ... Sämtliche Streicher ...! Hörst du das nicht? Es klingt, als würde nur eine einzige

Geige spielen … Aber es sind ganz viele! … Cello … Bratsche … Bass. Und das sind Flöten … Ich glaube, eine Harfe ist auch dabei …«

Doktor Freud fuchtelte mit den Armen herum, stand auf den Zehen, und Emil hörte nicht nur eine gewöhnliche Freude in seiner Stimme. Es war Beglückung und es war Jubel in dieser Stimme, die zusammen mit allen Instrumenten sang. Es war, als hätte er alle bösen Mächte jetzt überwunden.

Da konnte Emil sich nicht mehr zurückhalten.

Er musste lachen, obwohl es hier um Tod und Begräbnis ging.

Als die Musik ganz, ganz langsam erstarb, war Doktor Freud so abgekämpft und atemlos, dass er sich einfach auf den Boden fallen ließ, sich mit einem Taschentuch den Schweiß von der Stirn wischte und nach Luft schnappte.

Es war überhaupt nicht schlimm, dass Emil zu lachen angefangen hatte.

Doktor Freud war auf dem Fußboden selbst in Gelächter ausgebrochen.

»Bist du gewöhnt, Musik zu hören?«, fragte Doktor Freud lachend.

»Nur *Leichtmatrose Jansson* und so was«, erwiderte Emil und fühlte, dass er sich blamierte, und er dachte, Doktor Freud würde ihn jetzt gründlich auslachen.

Aber der fand Emil gar nicht so dumm:

»Ich kann auch eine Menge Seemannslieder. Aber ich singe sie nie.«

Er lachte wieder laut auf:

»Ich krächze schlimmer als ein Rabe!«

Er stimmte ein Gelächter an, das beweisen sollte, dass er die Wahrheit sprach.

Doch er wurde ernst:

»Aber das Dirigieren …! Das ist in diesem Leben mein allergrößter Traum. Dirigent zu werden. Stell dir das vor, Emil! Ein ganzes Orchester zu dirigieren! Alle dazu zu bringen, dass sie genau das tun, was du willst. Und selbst mitten in der Musik zu stehen …

Ich bin im Konzert gewesen. Mehrere Male. Bringe es kaum

über die Lippen, aber … wenn es zu Ende ist, fange ich zu weinen an. Das passiert mir jedes Mal. Obwohl ich versuche, es nicht zu tun … Es sieht doch irgendwie blöde aus … Ich heule doch nur, weil es so schön ist … Als wäre ich mitten in meinen Träumen …«

Emil sah, dass Freud drauf und dran war, sich weit weg zu träumen, und hätte gern gewusst, wie lange sie noch in diesem Keller bleiben mussten, wann er endlich die Eltern kennen lernen und das Essen auf den Tisch kommen würde. Vielleicht konnten sie anschließend in Dr. Freuds Zimmer gehen, damit er womöglich Neues über Laila erführe.

Er freute sich auf all das und merkte, dass er Hunger hatte.

Aber Doktor Freud stand immer noch verträumt im Raum und Emil befürchtete, dass er noch einmal eine Schallplatte auflegen würde.

Er hätte doch so gern einiges gefragt:

Woher kennst du Laila …?

Wie gut kennst du Laila …?

Aber er wollte versuchen, diese Fragen so lange wie möglich zurückzuhalten.

Denn man stelle sich vor, wenn …?

Laila und Doktor Freud waren ja ungefähr gleich alt und …

Laila war immer besonders hübsch gewesen. Jedenfalls als Kind.

Und Doktor Freud sah auch nicht gerade übel aus.

Also war es besser, Emil wusste nicht zu viel.

Vorläufig.

Damit Doktor Freud sich nicht ganz in seinen Träumen verlor, fragte Emil:

»Hast du Laila schon sehr lange nicht mehr gesehen?«

Doktor Freud ließ sich wirklich aus seinen Träumen reißen, antwortete aber nicht auf das, was er gefragt worden war.

Er sagte nur:

»Willst du dich nicht setzen?«

»Mich setzen?«

Emil sah sich etwas gründlicher um.

Ein Raum in einem Keller. Eine Menge Krempel Sachen, die Leute im Keller stapeln und dann vergessen. Ein Durcheinander bis dorthinaus. Er entdeckte auch Bücher. Er sah, dass Stühle vorhanden waren. Und ein Tisch. Und der war für zwei gedeckt.

»Das Essen ist schon fertig«, sagte Doktor Freud und entfernte ein paar Bücher von einem Stuhl, um für Emil Platz zu schaffen.

»Hier essen?«, fragte Emil erstaunt.

Emil tat, wozu er aufgefordert worden war.

Erlaubte Doktor Freud sich einen Spaß mit ihm?

Sie kannten einander doch gar nicht besonders gut.

Stimmte es wirklich, dass er Laila kannte?

Alles konnte gelogen sein.

Emil wollte sich nicht so einfach hinters Licht führen lassen.

Vielleicht war Freud wirklich ein gewöhnlicher Ladendieb, der ...

Doch die Teller waren auf jeden Fall echt, mit Blumen bemalt und mit Goldrand. Es gab Besteck, das nur so funkelte, Messer und Gabel und einen Dessertlöffel. Langstielige Gläser, schöner als die Weingläser, die sie bei sich zu Hause hatten.

Doktor Freud verschwand hinter einem Wandbehang.

Also gab es zwei Räume in diesem Keller.

Und wer weiß ...?

Emil drehte sich um, weil er nachsehen wollte, wie weit es bis zur Ausgangstür war, doch als Doktor Freud mit einem riesigen Tablett voll Essen kam, konnte er nur ausrufen:

»OOOHHHH!«

Es waren Speisen, die Emil noch nie gesehen hatte, und Doktor Freud musste erklären:

»Es ist eigentlich nur eine Vorspeise. Aber ich serviere sie zusammen mit dem Hauptgericht. Das erleichtert die Sache.«

Emil fand das ganz in Ordnung.

»Es sind Artischockenböden mit Steinpilzsauce.«

Emil hatte solche Böden noch nie gesehen.

»Leider nur aus der Dose.«

Emil hoffte, dass sie ihm schmeckten. Er konnte vor Doktor Freud doch nicht die Nase rümpfen.

»Das Hauptgericht sind Medaillons.«

Emil sah, dass es Fleisch war.

»Eigentlich hätte es ein echtes Hawai-Medaillon werden sollen. Aber es dürfte mir nicht ganz gelungen sein.«

Auf dem Fleisch lagen Tomaten, Gelbe Rüben und grüne Bohnen.

»Ich konnte es nicht richtig warm halten. Aber die Sauce ist sicher heiß.«

Emil hatte gute Saucen schon immer gemocht.

»Die Kartoffeln habe ich mir geschenkt. Fand sie irgendwie überflüssig. Es gibt ja so viele andere gute Sachen.«

Emil war sehr froh darüber. Kartoffeln bekam er zu Hause jeden Tag.

»Ich will es sagen, wie es ist«, sagte Doktor Freud, während er die Gläser einschenkte. »Ich hatte einfach keine Lust, Kartoffeln zu kochen. Es ist das Langweiligste, was ich kenne.«

Emil setzte ein breites Lächeln auf, um zu zeigen, dass er äußerst zufrieden war.

Aber eine Frage beschäftigte ihn:

»Wo hast du so gut kochen gelernt?«

Mit einem Mal wurde Doktor Freud ganz ernst. Seine Augen wurden traurig und Emil fürchtete schon, etwas Dummes gefragt zu haben, als Doktor Freud ihm antwortete:

»Hunger ist der beste Koch.«

Doch gleich lächelte er wieder und sagte:

»Ein Koch verrät seine Geheimnisse nie!«

Er hob das Glas und prostete Emil zu, als wären sie zwei wirklich erwachsene Männer draußen in der Stadt bei einem feinen Diner.

»Du kriegst nur Malzbier«, sage Doktor Freud. »Aber ich hätte gern ein bisschen Wein gehabt.«

»Du trinkst Wein …? Magst du Wein …?«

»Er ist nur viel zu schwer zu besorgen.«

Sagte Doktor Freud mit einem tiefen Seufzer.

Es schmeckte gut.

Es schmeckte mehr als gut.

Es war riesig gut.

Schon nach dem ersten Bissen wusste Emil, dass diese Böden,

deren Namen er schon wieder vergessen hatte, sein Leibgericht waren.

Als Emil zum Nachtisch ein Gelee bekam, das Doktor Freud Götterspeise mit Hohlhippen nannte, und es mit einem Löffel aß, der in Paris hergestellt war, unterließ er es gern, sich in den Arm zu kneifen, um festzustellen, ob dies vielleicht nur ein Traum war.

Denn aus einem so herrlichen Traum wollte er nicht aufwachen.

Sie saßen gesättigt bei Tisch und plauderten. Es war nicht schwierig, Gesprächsstoff zu finden. Sie konnten offenbar über alles und jedes miteinander reden.

Daher war Emil nicht überrascht, als Doktor Freud ihn fragte:

»Bist du schon im Ausland gewesen?«

Emil, der dem Ausland noch nie näher gewesen war als in Bygdö, konnte nur aus tiefstem Herzen seufzen:

»Nein!«

Und er stellte Doktor Freud dieselbe Frage:

»Bist du so weit weg gewesen ... im Ausland?«

Und sofort bekam er die Antwort:

»Ich weiß nicht.«

Emil musste lächeln.

So etwas weiß man doch.

Aber Doktor Freud sagte:

»Kennst du den Unterschied zwischen Vaterland und Mutterland?

Emil kannte die Lösung dieses Rätsels nicht und wartete gespannt auf die Antwort.

Aber er bekam keine Antwort.

Es sah aus, als wisse Doktor Freud die Lösung seines Rätsels selbst nicht:

»Genau darüber denke ich viel nach.«

Doktor Freud nahm ein Zigarettenpäckchen aus der Tasche und steckte sich eine Zigarette an.

»Aber ...«, sagte Emil.

Doktor Freud wollte Emil das Päckchen geben.

»Aber ...«, sagte Emil. »Du hast doch gesagt, dass du nicht rauchst!«

»Kann mich nicht erinnern«, behauptete Doktor Freud.

»Aber …«

Doktor Freud wollte lieber über etwas anderes reden:

»Das war nicht mein Einfall.«

»Was denn?«

»Es war nicht mein Einfall, dass du hierher kommen solltest.«

Emil rutschte auf seinem Stuhl hin und her. Gespannt.

»Jemand anders hat mich drum gebeten.«

»Wer denn?«

Emil wurde rot vor Freude, als er den Namen erfuhr:

»Laila.«

Wagte aber nicht zu glauben, dass es wirklich wahr war.

»Weil Laila dich immer so gern gehabt hat, Emil!«

Emil hörte sein Herz schlagen.

»Ist das wahr?«, fragte er vorsichtig. »Mich?«

»Laila wollte wissen, wie es dir geht, Emil.«

»Gut, gut, nur …«

»Laila ist wirklich traurig, dass sie dich nicht treffen kann, Emil.«

»Aber wenn sie mich gern …?«

Doktor Freud schwieg.

»Vielleicht weiß Laila nicht, dass mein Vater verschwunden ist«, sagte Emil nach einer Weile. Er fürchtete, Doktor Freud wolle nicht mehr über sie sprechen.

Da stand Doktor Freud auf, nahm ihn bei der Hand und sagte:

»Wenn der Vater stirbt, wird der Sohn mit der Wurzel ausgerissen.«

»Wer hat das gesagt?«

»Ich habe es gelesen«, erwiderte Doktor Freud.

»Doktor Freud?«

»Ja, Emil!«

»Wo ist dein Vater?«

Keine Antwort.

»Doktor Freud!«

»Ja?«

»Wo ist deine Mutter?«

Wieder keine Antwort.

»Doktor Freud!«
»Ja!«
»Wo wohnst du?«
»Warum fragst du mich das?«
»Jeder wohnt doch irgendwo!«
»Ja.«
»Und wo wohnst du wirklich?«
»Hier!«
»Ist das wirklich wahr?«
»Warum glaubst du mir nicht, wenn ich es sage, Emil!«
»Ich frage ja nur«, sage Emil.
»Meine Aufgabe ist es, Antworten schuldig zu bleiben«, sagte Doktor Freud.

Nach und nach erfuhr Emil aber doch mehr über den Jungen, der ihn zu diesem feinen Essen eingeladen hatte.

Er bekam zu hören, dass Doktor Freud und Laila sich seit etwas mehr als einem Jahr kannten.

Ich kenne sie schon viel länger, dachte Emil. Niemand hat Laila so gut gekannt wie ich, dachte er und unterdrückte ein kleines Lächeln.

Er erfuhr, dass Laila und Doktor Freud sich sofort gemocht hatten, als sie sich kennen lernten.

Emil hatte schon von Liebe auf den ersten Blick gehört, wollte aber nicht daran glauben.

Er erfuhr, dass die beiden seit über einem Jahr jeden Tag miteinander geredet hatten.

Wenn es nur so ein Herumgerede war, wird es wohl nicht weiter gefährlich sein, dachte Emil erleichtert.

Dass Doktor Freud und Laila nicht einen Tag der Trennung ausgehalten hatten, erfuhr er ebenfalls.

Emil fing nachzudenken an, wie lange er Laila nicht gesehen hatte, und er fühlte, wie sehr er sie vermisste.

»Jetzt sehe ich sie nur noch selten«, sagte Doktor Freud. »Und ich vermisse sie.«

Emil dachte:

Wenn ich Laila wieder begegne, will ich auch jeden Tag mit ihr reden.

Weil Emil noch mehr über Laila wissen wollte, sagte er gerade heraus:

»Ich weiß, wo Laila über ein Jahr gewesen ist!«

Doktor Freud zuckte zusammen.

»Laila«, fuhr Emil fort. »Laila ist in einem Heim gewesen … für …«

»Für was?«, kam es scharf von Doktor Freud.

»Solche …«

»Solche … was?«

Doktor Freud sprang auf.

Es sah aus, als wollte er den Tisch abräumen. Er griff nach einem Teller.

Emil musste es sagen, ehe Freud in der Küche verschwand:

»Für solche … solche Mädchen.«

Freud hatte gar nicht vorgehabt, den Raum zu verlassen.

Er schmiss den Teller auf den Boden, pflanzte sich vor Emil auf:

»Was meinst du mit *solche Mädchen?*«

Emil stotterte:

»Solche … solche wie sie.«

Doktor Freud sagte drohend:

»Niemand wird schlecht über Laila reden! Jedenfalls nicht in meiner Wohnung!«

Er hatte die Stimme erhoben und fuhr fort, ehe Emil etwas sagen konnte:

»Sonst schlage ich ihm die Fresse ein!«

Er ballte die Fäuste, um zu zeigen, dass er die Wahrheit sprach.

Emil wurde auf seinem Stuhl immer kleiner, aber er ließ sich nicht einschüchtern.

Eher wurde er wütend.

Was bildete sich dieser Doktor Freud ein?

Dass er, Emil Alm und Lailas bester Freund, ein einziges böses Wort über das Mädchen sagen würde, das er besser kannte als jeder andere!

Auch Emil ballte jetzt die Fäuste.

Dann war es eine Weile still im Kellerraum.

Emil und Doktor Freud starrten einander in die Augen.

Keiner wollte als Erster den Blick senken.

Beide hatten den Namen auf der Zunge:
LAILA,
aber keiner sprach ihn aus.

Es war Doktor Freud, der die Stille brach.

Er sagte leise und fast bedauernd:

»Ich mag dich, Emil.«

Emil nickte ihm zu:

»Ich mag dich auch.«

»Eigentlich sind wir Feinde, Emil! Wir sind die ärgsten Feinde der Welt. Wenn jemand uns jetzt sähe ...«

»Und ...?«

Doktor Freud wandte sich jäh von Emil ab.

Emil sah ihn jetzt von hinten.

Sah, wie Doktor Freud den Kopf beugte.

Wie seine Arme schlaff herunterhingen, ohne dass er die Fäuste geöffnet hatte.

Dass er so stehen blieb, mit krummem Rücken.

Dass er keuchend atmete.

Dann hob er langsam die Arme. Reckte sie weit in die Höhe. Er streckte den ganzen Körper. Stand jetzt aufrecht. Und bewegte die Arme. Aber langsam, langsam.

Emil aufrecht gegenüberstehend, dirigierte Doktor Freud ein unsichtbares Orchester, das niemand hören konnte.

Emil beobachtete jede Bewegung seines Körpers.

Es war fast wie ein Tanz.

Und zum ersten Mal mochte Emil diese Musik.

Er fand den Klang in dem klanglosen Raum sogar schön.

»Ich habe Laila in diesem Heim kennen gelernt«, erzählte Doktor Freud. »Wir waren am selben Ort.«

Emil glaubte ihm nicht:

»Sie ist in einem Heim nur für Mädchen!«

»Es gibt dort zwei Heime«, erklärte Doktor Freud. »Eins für Mädchen und eins für solche Jungen wie mich.«

Er lächelte, als er *solche* sagte, schien stolz darauf, so genannt zu werden.

»Du weißt ja«, sagte er. »Gleich und gleich gesellt sich gern.«

Er zwinkerte ihm belustigt zu.

Emil hatte nicht vor, sich hochnehmen zu lassen.

»Die Heime liegen gleich nebeneinander. Und es ist ein Riesenloch im Zaun. Es ist kein Gefängnis. Hat nur eine gewisse Ähnlichkeit damit.

Laila und ich sind ungefähr gleichzeitig in dieses Heim gekommen. Wir kannten dort keinen Menschen. Drum fingen wir an, miteinander zu reden und so ... Laila ist die Einzige, die mich nie Adolf genannt hat ...«

Doktor Freud hatte etwas ausgesprochen, das er nicht hatte sagen wollen.

Der Versprecher ließ ihm das Blut zu Kopf steigen.

Erst schien er traurig zu sein.

Aber dann entdeckte Emil so etwas wie Trotz bei ihm.

Adolf Freud!

War das der richtige Vorname von Doktor Freud?

Und warum sollte Laila dann nicht ...?

Es ist doch unmöglich, einen Jungen immerzu Doktor zu nennen.

Adolf!

Irgendwie war das komisch.

Emil merkte kaum, dass er vor sich hin lächelte.

Erst als er die aufgebrachte Stimme hörte:

»Was grinst du denn so?«

Und jetzt sah er nicht nur Trotz im Gesicht des anderen.

Er sah zwei drohende Augen.

Als wären er und Doktor Freud wirklich die schlimmsten Feinde der Welt.

»Pfui Teufel!«, sagte Doktor Freud.

Schaute ihn noch schärfer an.

Sagte noch einmal: »Pfui Teufel!« Aber wesentlich lauter.

»Verdammt! Das hätte ich nie von dir gedacht! Sitzt da und grinst mir mitten ins Gesicht! … Du verdammter … Du verdammter … Hurensohn!«

Es war, als hätte Doktor Freud ihm einen Faustschlag in den Bauch versetzt. Und es geschah so schnell, dass Emil keine Zeit fand, sich zu verteidigen.

Er krümmte sich zusammen.

Schlang sich beide Arme um den Leib, um sich vor den neuen Schlägen zu schützen, die kommen würden:

»Du glaubst, du bist um so vieles besser als ich, verdammter Scheißer! … Weil ich ein verdammtes Heimkind bin … Drum musst du so grinsen …«

Emil konnte nicht einmal den Kopf schütteln.

»Laila hat alles von dir erzählt! Du brauchst also gar nicht zu tun, als wärst du ein Unschuldslämmchen! … Der Teufel soll dich holen …! Ich weiß alles über deine Mutter! Und über deinen verrückten Vater …!«

Emil hätte sich gern die Ohren zugehalten, aber seine Hände und Arme hatten genug damit zu tun, seinen Körper zu schützen.

Es tat so weh.

Niemand hatte ihm bisher derart hart zugesetzt.

»Deine Mutter hat diesen verrückten Kerl mit in ihre Wohnung geschleppt … Sie haben sich gar nicht gekannt … Aber gevögelt haben sie … Teufel nochmal, was haben die gevögelt …! Man konnte es bis in die Nachbarwohnung hören …«

Doktor Freud wackelte mit den Hüften, stieß Schreie aus, stöhnte, als wäre er selbst am Bumsen. Gebrauchte den Finger, um noch zu verdeutlichen, wovon er sprach.

»Laila und ihre Mutter haben die beiden gehört ... Meinst du etwa, sie erinnert sich nicht daran ...? So klein war sie damals auch nicht mehr ...! Seither hat sie alles übers Vögeln gewusst ...«

Auch dieses Mal hatte Emil nicht die Zeit, sich vor dem Schlag zu ducken, der ihn traf.

Ein rohes Lachen von Doktor Freud und schon fuhr er fort:

»Was meinst du, Emil? Meinst du, deine Mutter war besonders begeistert, als sie entdeckte, dass sie so einen Bankert wie dich kriegen würde ...? Einen verdammten Hurensohn ...! ... Und was meinst du, was dein Vater geglaubt hat ... Wie kannst du überhaupt wissen, ob er dein Vater ist ...? Er hat ja selbst nicht dran geglaubt ... Das weißt du ... Die haben dich nämlich gar nicht gewollt, Emil! ... Niemand wünscht sich ein Hurenkind ... Und als dein Vater zurückkam aus ...«

Plötzlich schwieg Doktor Freud.

Emil strich sich mit der Hand über die Wunden, die er glaubte abgekriegt zu haben. Richtete sich ein wenig auf. War ganz zermürbt.

Wankte. Versuchte auf den Beinen zu stehen, wurde aber schwindlig. Stützte sich auf den Tisch. Schielte nach seinem Angreifer, der ihm jetzt den Rücken zuwandte.

Wollte sich zur Tür schleichen.

Fühlte, wie weh ihm alles tat, und er ließ die Tränen fließen, ohne sie wegzuwischen.

Tat ein paar Schritte, schleppte sich einige Meter weiter.

Hörte Doktor Freud flüstern:

»Willst du gehen ...?«

»Ist wohl besser so.«

»Und wir treffen einander nie wieder ...?«

Der Kopf tat zu weh, um ihn schütteln zu können.

»Emil!«

Doktor Freud wandte sich zu ihm um.

Er sprach den Namen Emil mit bittender Stimme aus.

»Emil!«,

sagte er noch einmal bittend.

Zum dritten Mal sprach er:

»Emil!«

Bat nicht nur. Er flehte.

Emil sah, dass Doktor Freud auch weinte.

Sein Gesicht war tränenüberströmt. War ganz nass. Die Tränen liefen ihm über die Wangen. Er wischte sich zwar über die Augen, versuchte wohl aufzuhören, aber es half nichts.

Doktor Freud sagte mit tränenerstickter Stimme:

»Wenn Laila mich jetzt gehört hätte ... Hätte sie gesehen ... Und wenn sie erfährt, dass du gegangen bist ... Sie hat mich darum gebeten, Emil ... mit dir zu reden ... Emil, sie hat mich drum gebeten ... Geh nicht, Emil ... Bleib noch ein bisschen ... Um Lailas willen ... Sie will dich doch wieder sehen, Emil ...«

»Wann?«, fragte Emil misstrauisch.

»Ich weiß es selbst nicht.«

Er ging auf Emil zu.

Emil blieb stehen.

Noch schmerzten die Wunden und er brauchte jemanden, der sie kühlte.

Doktor Freud kam zu ihm her, ganz nah.

Sie blieben stehen und sahen einander an.

Nicht besonders lange.

Als hätten sie es abgesprochen, schlangen sie gleichzeitig die Arme umeinander, legten einander den Kopf auf die Schultern und ließen einander weinen, bis das Weinen von selbst verging.

»Ich habe meinen Vater nie gesehen. Wer meine Mutter ist, weiß ich auch nicht. Sie hat mich geboren und ich habe vielleicht einen Schimmer von ihr erhascht, bevor man sie mir wegnahm.

Und vielleicht, Emil, gibt es irgendwo tief in meinem Kopf ein Bild von ihr.

Es ist doch so, Emil, dass alles, was wir erlebt, alles, was wir gesehen und gehört haben, irgendwo im Gedächtnis gespeichert ist.«

»Wer hat das gesagt?«

»Ich habe es gelesen … Und man kann diese Bilder wieder hervorholen … Aber ich habe keine Ahnung, ob ich das schaffe. In meinem Kopf ist alles so durcheinander. Alles schwimmt herum. Ich habe nie einen besonderen Ordnungssinn besessen. Und ich bin deswegen immer ausgeschimpft worden.«

Sie saßen wieder am Tisch. Doktor Freud hatte die schmutzigen Teller weggeräumt und auch das Tischtuch, das Flecke abbekommen hatte.

Es war spät geworden.

Sehr spät.

So spät, dass Emil wusste, seine Mutter würde böse sein.

Aber er wollte Doktor Freud nicht verlassen.

Nicht, nachdem sie wieder Freunde geworden waren und Lailas wegen immer noch beisammensaßen.

»Ich weiß nicht, wie die beiden sich kennen gelernt haben, die meine Eltern werden sollten. Ich weiß überhaupt nichts. Weiß nicht einmal, ob sie einander gekannt haben. Ob sie nur dieses eine Mal beisammen waren … Ob meine Mutter von ihm, der mein Vater ist, vergewaltigt wurde … Oder ob sie einfach für ein paar Minuten in einer Toreinfahrt verschwanden …

Aber wenn ich von ihnen träume, wünsche ich mir immer, dass sie einander lieb gehabt haben.

Dass sie einander geliebt haben.

Dass es echte Liebe war.

Aber das ist vielleicht nur ein Wunschtraum.

Es war unerlaubte Liebe. Das haben andere festgelegt.

Ich weiß nur, dass mein Vater ein Deutscher war, aber nicht, ob er alt war oder jung. Major oder Unteroffizier. General oder nur ein gewöhnlicher Soldat.

Es ist nicht sicher, ob er von sich aus nach Norwegen wollte. Er wurde wohl einfach gezwungen, hierher zu kommen. Man konnte sich nicht dagegensträuben.

Ich wünsche mir, dass meine Mutter und mein Vater einander liebten und dass nichts sie trennen konnte.

Wie im Kino.

Diesen Film versuche ich mir immer wieder vorzuspielen.

Ich höre sogar die Musik, wenn die beiden im Zeitlupentempo in einem dunklen Park aufeinander zugehen und sich nur an den Armen leicht berühren, während sie in aller Heimlichkeit aneinander vorbeigehen. Niemand darf sie sehen. Niemand darf ihre große Liebe entdecken. Aber wenn einer die Haut des anderen spürt, können sie nicht widerstehen. Sie küssen einander. Es ist kein einstudierter Filmkuss. Ein echter Kuss, der viel länger dauert als in einem gewöhnlichen Film. Denn es würde langweilig werden, die ganze Zeit zuzusehen, wie sie sich küssen.

So sollte es gewesen sein, wünsche ich mir.

Und dass sie in Oslo anschließend zusammen auf die Karl-Johan-Promenade gehen. Es ist Frühling und schönes Wetter. Sie gehen Hand in Hand.

Und ich höre wieder andere Musik.

Die Leute hassen die beiden. Werfen ihnen böse Blicke zu. Würden am liebsten Steine nach ihnen werfen, wenn sie es wagten. Die Leute machen einen Bogen um sie. Aber die beiden, die sich so innig lieben, sehen und hören das nicht. Ihre Liebe ist ihnen weit wichtiger als der Krieg. Ihre Liebe überwindet alles.

Das wird jeder verstehen, der den Film sieht.

Aber … Vielleicht bin ich doch nur ein ganz gewöhnliches Hurenkind. Denn ich weiß, dass meine Mutter mich nicht haben wollte.

Oder vielleicht durfte sie mich nicht behalten.

Deutschenbalg hat man so was genannt, nicht wahr.

Meine Mutter hat mit einem Deutschen ein Kind gehabt. Einem Feind.

Sie war eine Landesverräterin. Das haben die festgelegt.

Eine Verräterin.

Und ich war der Beweis ihres Verrats.

Ich habe sie nie wieder gesehen, seit man sie mir weggenommen hat. Oder vielleicht habe ich sie viele Male gesehen. Vielleicht gehen wir durch dieselben Straßen, ohne es zu wissen. Vielleicht kennen wir einander sogar. Ohne es zu wissen.

Wenn ich das Bild in meinem Kopf nur finden könnte!

Sie haben mich nach Deutschland geschickt.

Dort waren sie stolz auf mich. Dort war ich von der richtigen Art. Nordische Mutter und deutscher Vater.

Verstehst du?

Ich war die strahlende Zukunft.

Ich versuche mich zu erinnern, wie es mir ergangen ist. Aber mir fallen nur eine Menge andere Kinder ein. Dass wir spielten. Dass wir sangen. Möglicherweise kann ich ein paar von diesen Liedern immer noch, wenn ich gründlicher nachdenke.

Der Krieg ging zu Ende.

Es wurde Frieden.

Der Friede der anderen. Und der Friede der Erwachsenen.

Ich wurde zurück nach Norwegen geschickt. Kam zu einer Familie, war aber nicht lange dort. Ich erinnere mich gar nicht an die Leute, die meine neuen Eltern hätten werden sollen. Erinnere mich nicht, wie sie aussahen. Oder vielleicht will ich mich nicht an sie erinnern. Kann mir doch nicht alles merken. Ich weiß nicht, wie es passiert ist. Ob sie nicht wussten, dass ich ein Deutschenbalg bin. Und wenn sie es wussten, haben sie es bereut. Sie haben mich weggeschickt. Sie wollten mich nicht in ihrem Haus haben.

Sie haben mich abgeschoben.

Die Schande.

Das ist einer meiner Namen.

Ich habe so viele Namen gehabt.

Adolf haben sie mich, das verdammte Deutschenbalg, genannt. Viele nennen mich immer noch so. Weiß nicht, ob ich anders heiße.

Ich bin ins Kinderheim gekommen. Zusammen mit anderen Deutschenbälgern.

Die hatten auch viele Namen.

Göring hieß einer.

Goebbels hieß ein anderer.

Zum Schluss haben wir selber geglaubt, dass das unsere richtigen Namen sind. Wir haben ja nichts anderes gehört und wir mussten folgen, wenn man uns rief.

Ich weiß gar nicht, in wie vielen Kinderheimen ich gewesen bin.

Ich habe aufgehört, daran zu denken.

Ich weiß auch nicht, wie viele Leute gefragt worden sind, ob sie mich haben wollen, normale Familien mit Ehefrau und Ehemann, die sich ein armes, unglückliches und unschuldiges Kind aus einem Kinderheim wünschten. Drum weiß ich auch nicht, wie viele mich abgelehnt haben. Mich nicht haben wollten.

Im Frühling war es am schlimmsten.

Es geht mir heute noch so.

Besonders im Mai.

Drum finde ich es besser, sich im Haus aufzuhalten.

Wenn die anderen feiern, dass der Krieg aus ist. Wenn sie feiern, dass mein Vater und die Deutschen den Krieg verloren haben. Wenn sie feiern, dass dein Vater wieder zurückgekommen ist. Wenn sie all die Heldenväter feiern.

Feiern, dass mein Vater das Feld räumen musste.

Sie haben ihn zum Teufel gewünscht.

Göring und Goebbels und ich durften beim 17.-Mai-Umzug nicht mitmachen und die Freiheit und das norwegische Staatsgrundgesetz nicht mitfeiern. Einmal haben wir es versucht. Wir hatten uns fein gemacht, freuten uns und hatten norwegische Fähnchen und …

Sie haben uns ihre Limonadeflaschen nachgeschmissen. Die anderen Kinder, die von ihren Eltern etwas über solche Kinder wie uns erfahren hatten.

Wir mussten uns verstecken und konnten nur hören, wie das Militär auf der Straße vorbeizog. Wir durften nur zuhören, wie die anderen Kinder ihr Land mit Hurrarufen hochleben ließen. Ich fange heute noch an zu zittern, wenn ich jemanden so rufen höre.

Wir saßen in der Klasse immer ganz hinten. Göring und Goebbels und ich.

Wir aus dem Kinderheim mussten nicht unbedingt gesehen werden. Man hatte nicht nur den Wunsch, dass wir unsichtbar wären. Eigentlich wünschte man sich, dass es uns gar nicht gäbe. Nicht dass wir sterben sollten. Nein, dass wir gar nicht geboren wären.

Es wurde beschlossen, dass wir nicht ganz normal waren.

Man beschloss, dass es unmöglich war, uns etwas beizubringen. Dass es nicht einmal den Versuch wert war. Wir mussten Klassen wiederholen. Wir lernten nur, dass wir unhöflich waren. Dass wir untauglich waren.

Wir lernten zu akzeptieren, dass es für uns in diesem Land keine Verwendung gab.

Ich weiß auch nicht, in wie viele Schulen ich gegangen bin. Ich wurde immer abgeschoben, ehe ich mich irgendwo auskennen konnte. Ehe ich es schaffte, mich in einem Heim heimisch zu fühlen.

Dieser Raum hier ist der Erste, den ich als mein Heim empfinden kann.

Du kannst darüber sagen, was du willst. Hier gehöre ich jetzt her.

Denn ich habe sie hintergangen. Habe sie alle getäuscht.

Ich war einer, wenn ich mit anderen zusammen war, aber ein ganz anderer, wenn ich allein war.

Ich habe mir das Lesen ganz allein beigebracht.

Hatte nie den Eindruck, dass es zu viele Buchstaben für mich waren. Fand es überhaupt nicht schwierig, sie zusammenzuziehen. Habe mir auch das Schreiben beigebracht. Ich brauchte ja nur niederzuschreiben, was ich lesen konnte.

Und ich habe gelernt, ordentlich zu sprechen.

Nicht so wie sie im Kinderheim mit dir reden, sondern so, wie ich überall sprechen kann. Sogar beim König, aber …

Alles was ich gelernt habe, habe ich mir selbst beigebracht.

Alles über Musik. Ich liebe Musik.

Vielleicht sollte ich wirklich Dirigent werden.

Nichts darf für mich unmöglich sein!

Ich liebe Bücher. Liebe das Lesen.

Alles was gut an mir ist, habe ich Büchern zu verdanken.

Das habe ich irgendwo gelesen.

Ich liebe sogar das Kochen.

Also sollte ich vielleicht lieber Koch werden, wenn ich erwachsen bin? Dieser Beruf hat Zukunft. Und zu essen braucht schließlich jeder …

Ich habe alles heimlich gelernt und ich kann alles nur insgeheim.

So ist es am besten.

Und dann«, sagte Doktor Freud. »Dann habe ich Laila kennen gelernt. Und sie hat mich nie *Adolf* genannt.«

Er lächelte entschuldigend.

»Missverstehe mich nicht, Emil! Aber ich muss es sagen, wie es ist. Laila hat keinen allzu klugen Kopf mitbekommen. Aber auch da kann der Mensch noch manches lernen. Und ich habe ihr so einiges beigebracht. Um ehrlich zu sein, habe ich ihr sogar eine ganze Menge beigebracht.«

»Und«, sagte er. »Ich habe auch viel von ihr gelernt … Zumindest etwas … Habe gelernt … Gelernt …«

Doktor Freud sah irgendwie verwirrt aus.

»Es wird mir schon einfallen, wenn ich genauer nachdenke«, sagte er.

Doktor Freud begleitete Emil an diesem späten Frühlingsabend ein Stück nach Hause, als sein Gast nicht mehr länger zu bleiben wagte.

Emil erzählte von dem Sparbuch und wie er den Job bei dem Kaufmann bekommen hatte.

Er wollte selbst auch ein paar Geheimnisse erzählen.

Damit Doktor Freud es Laila weitersagen konnte.

»Wofür wirst du denn das viele Geld verwenden?«, fragte Doktor Freud.

»Weiß noch nicht«, erwiderte Emil.

»Mach mit dem väterlichen Erbe genau das, was du möchtest. Verwende es für das, was du selbst für das Beste hältst. Nimm mit, so viel du willst. Oder so wenig du willst«, sagte Doktor Freud.

»Wo hast du das gelesen?«, fragte Emil.

»Das habe ich nicht gelesen. Jemand hat es zu mir gesagt«, antwortete Doktor Freud.

Genau in diesem Augenblick beschloss Emil, wofür er das Geld seines Vaters verwenden wollte.

Sein größter Wunsch war, dass er und Doktor Freud und Laila, vorausgesetzt, dass sie das auch wollte, zusammen eine Reise machten.

Es sollte eine weite Reise sein.

Bis nach Deutschland.

Um vielleicht Doktor Freuds Vater zu finden.

Juni

Emils Mutter riss die Tür zu seinem Zimmer auf und schrie:

»Was ist das?«

In der Hand hatte sie ein Sparbuch.

Es war ein Sparbuch mit blauem Umschlag, auf dem in Goldschrift der Name der Bank stand.

Es war Emils Sparbuch.

Sie wedelte aufgeregt damit herum und fragte immer und immer wieder:

»Emil! Was ist das? Emil! Was ist das?«

Als sie ihn aufforderte, mit ins Wohnzimmer zu kommen, half kein Leugnen.

Die Mutter setzte sich und schmiss das Sparbuch auf den Tisch.

Die Goldschrift glitzerte so, dass es Emil blendete. Er schloss die Augen, um dem Schmerz zu entkommen.

Seine Mutter wurde nur noch zorniger.

»Sieh mir in die Augen, wenn ich mit dir rede!«

Emil öffnete die Augen sofort wieder.

»Nun, Emil ...!«

Sie deutete auf das Buch.

»Ja ...«, zögerte er, wusste nicht, wie er anfangen sollte.

Seine Mutter starrte ihn an. Ihr Blick sagte ihm, dass sie eine Antwort verlangte, dass es damit aber keine Eile hatte. Sie wollte sich die für sie notwendige Zeit lassen.

Emil schluckte mehrere Male, räusperte sich, um den Hals frei zu bekommen:

»Ja, es ...«, sage er. »Es ...«

Die Mutter starrte ihn an, immer noch abwartend.

»Das ist ... ist ... ein Buch, ... ein ... Sparbuch eben«, stotterte er.

Seine Mutter lachte gezwungen:

»*Nur* ein Sparbuch!«

»Ja …«

»*Siebentausendsiebenhundertdreißig Kronen und zwei Öre!*«, sagte sie ohne Atem zu holen. »Seit wann tut man das bei uns mit einem *nur* ab?«

»Hab es nicht so gemeint«, verteidigte sich Emil.

»Ich weiß nicht, was du meinst. Weiß nur, dass du deine Mutter anlügst!«

»Nein!«, protestierte Emil. »Ich lüge nicht!«

Die Mutter wollte ihm nicht zuhören:

»Warum hast du mir nichts von dem Geld gesagt? Wieso hast du immer getan, als wärst du ein ganz armer Schlucker? Wieso hast du mich um Geld gebeten, wenn du …?«

Sie schüttelte fassungslos den Kopf, versuchte sich ein wenig zu beruhigen. Nahm das Sparbuch vom Tisch, blätterte darin, sah sich die Zahlen und die Daten an. Sagte wie zu sich selbst:

»So viele Jahre hat dieser Mann Geld einbezahlt. Sollte mich eigentlich darüber freuen, aber …«

Emil sah, wie sie auf ihrem Stuhl zusammensank. Sie wurde ganz klein. War nicht mehr so zornig. Nicht mehr so rot im Gesicht. Sie gab sich einen Augenblick ihren eigenen Gedanken hin. Als würde sie sich von ihm entfernen.

»Mutter«, sagte Emil leise.

Sie reagierte nicht.

»Mutter«, sagte Emil noch einmal. »Ich habe mir gedacht …«

Sie sah ihn kaum an.

»Ich hatte es dir ja sagen wollen …«

Sie unterbrach ihn:

»Wie kann ich wissen, was du dir denkst?«

Er hörte, dass sie drauf und dran war, sich wieder aufzuregen.

»Ehrenwort«, sagte Emil und hoffte, dass sie ihm glauben würde.

Aber sie zog nur die Nase kraus:

»Ehre! Ihr habt mich dazu gebracht, mich wie ein Idiot aufzuführen!«

»*Ihr?*«

»Du und dein Vater.«

»Wie ein *Idiot*?«

»Vielleicht nicht aus bösem Willen, aber ...«

»Nein, wirklich nicht ...«

Sie schaute ihn unsicher an, hätte ihm vielleicht gern geglaubt.

»Ich war auf der Bank«, sagte sie. »Hatte ein paar Kronen. Nicht gerade viel. Wollte dich an deinem sechzehnten Geburtstag überraschen. Bis dahin weitersparen.«

Sie setzte sich besser zurecht. Wedelte mit dem Arm:

»Kannst du dich nicht auch setzen, Emil! Ich mag nicht, dass du so rumstehst ...«

Er setzte sich, musste tun, was sie sagte.

Schaute sie an, sah ihre Unsicherheit und dass sie sich zu konzentrieren versuchte, ihre Gedanken in Worte zu kleiden versuchte.

»Da stand ich nun in der Bank«, fuhr sie langsam fort. »Sagte deinen Namen ... Ein Mann kam und fing mit mir zu sprechen an ... Sagte, dass du bei ihm gewesen bist ... Du weißt, wer er ist, nicht wahr?«

»Ja«, gab Emil zu. Kein Grund, jetzt zu lügen.

»Und dann sagte er Eriks Namen. Ich hätte fast gelacht, als ich ihn hörte. Der Mann sagte, er habe Erik lange nicht gesehen. Er hoffte, dass Erik nichts passiert sei ... Es war, als hätte er mir ein Messer ins Herz gestoßen, so weh hat es getan.«

Sie schwieg, hielt sich am Stuhl fest.

Emil konnte auch jetzt sehen, wie sie ihren Kopf anstrengte.

Nach einer Weile fuhr sie fort:

»Der Mann sagte, ein neues Sparbuch sei nicht nötig. Das was du schon hättest, reiche aus ... Dann gab er mir das alte Sparbuch und ich habe es aufgeschlagen und gesehen *siebentausendsiebenhundertund* ... Es war, als wäre Erik leibhaftig in der Bank. Als stünde er hinter mir und schaute mir über die Schulter. Es war, als wäre er nicht ... Als wäre er ... Als könnte ich seinen Atem im Nacken spüren ... Als hörte ich ihn lachen ...«

Sie schaute Emil nicht an, während sie sprach. Schaute nur vor sich hin. Sprach langsam, schwieg zwischendurch, wenn sie unsicher war, wie sie weitermachen sollte:

»Es war, als würden alle mich auslachen ... Der Bankangestellte ... Und du auch, Emil ... Alle haben gelacht und ihr habt

Grund genug, mich auszulachen. Denn weißt du, wem dieses Geld eigentlich gehört, Emil?

Mir, Emil. Es ist mein Geld.

Erik hat nie eigenes Geld gehabt. Man soll nicht schlecht sprechen von den … aber Erik hätte nie jemanden versorgen können. Mich nicht. Nicht seinen eigenen Sohn. Nicht einmal sich selbst.

Ihr habt es vielleicht nicht gewusst oder wolltet es gar nicht wissen, aber in all diesen Jahren war ich oft gezwungen, die doppelte Arbeit zu leisten. Ich habe mehrere Arbeitsplätze nebeneinander gehabt. Als Putzfrau in der Schule habe ich nicht einmal die Butter fürs Brot verdient.

Ich habe nicht darüber gesprochen, wollte nicht, dass Erik ein schlechtes Gewissen kriegt, weil er seine Familie nicht versorgen konnte. Er war nicht wie andere Männer. Es ist nicht normal, dass Männer immer nur zu Hause sind und keine Arbeit haben, zu der sie gehen können. Drum wollte ich ihn nicht verletzten. Eriks Situation war so schon schlimm genug, fand ich. Drum musste ich ja dafür sorgen, dass es nicht noch schlimmer wurde.

Also habe ich lieber den Mund gehalten und mich krank gearbeitet.

Erik hat immer Geld von mir gekriegt.

Er brauchte doch auch ein bisschen Taschengeld. Konnte doch nicht immer blank sein. Das hat mein Gewissen nicht zugelassen. Aber Erik ging selten allein aus. Hat nie was eingekauft. Und Kleider habe immer ich für ihn gekauft.

Drum habe ich mir oft überlegt, was er mit dem Geld macht, das er von mir gekriegt hat. Aber ich habe ihn nie gefragt. War der Meinung, dass mich das nichts angeht. Wollte ihn nicht kränken, drum hab ich lieber ein bisschen mehr gearbeitet. Aber als ich dann dieses Sparbuch aufgeschlagen habe …«

Sie zeigte auf das Buch, das da auf dem Tisch vor ihnen lag.

Emil sah sich die Schrift auf dem Umschlag an. Es war bestimmt kein echtes Gold. Die Buchstaben waren schon blass geworden.

»Na, Emil!«

Die Mutter sah ihn an.

Er wollte ihr in die Augen schauen.

»Mutter«, sagte er leise.

Wiederholte es und sagte noch einmal:

»Mutter«,

als wäre es plötzlich ein ganz neues Wort für ihn.

Oder als wäre es ein neuer Mensch, zu dem er da sprach.

Ein Mensch mit Gefühlen, von denen er bisher nichts gewusst hatte.

Mit einem Leben, über das er nicht besonders viel nachgedacht hatte.

Nicht einfach nur seine Mutter.

Er wollte ihren Namen sagen.

Er sagte:

»Elise«,

und wusste, dass er ihren Namen noch nie ausgesprochen hatte, zumindest nicht, wenn er mit ihr geredet hatte. Gerade in diesem Moment fand er, es sei ein schöner Name, und er hätte ihn auch gern wiederholt. Wollte es gerade tun.

Da hörten sie Schritte im Treppenhaus.

Schwere Schritte Stufe für Stufe zu ihnen herauf.

Manchmal eine Pause auf einem Treppenabsatz.

Und ein Anhalten auch in ihrem Stockwerk vor ihrer eigenen Tür.

Beide, Emil und seine Mutter, schlugen die Augen nieder.

Schauten nicht zur Tür hin, schauten beide nur in der gleichen Richtung auf den Fußboden.

Kein Laut im Zimmer, beide hielten den Atem an.

Sie horchten auf die Schritte, die noch ein paar Stufen weiter nach oben gingen, noch ein paar Absätze weiter, und sie hörten, wie eine Tür geöffnet und dann zugeschlagen wurde.

Die gleichen Geräusche, die sie so viele Male gehört hatten, aber noch immer waren es Geräusche, an die sie sich nur schwer gewöhnen konnten.

Erst als auch das Echo des Türzuschlagens verhallt war, hoben sie den Blick und schauten einander wieder an.

Die Mutter sagte:

»Ich dachte, mit der Zeit würde es leichter werden … Aber ich kriege meine Gefühle nicht in den Griff … Sie tun mit mir, was sie wollen, und das macht alles so schwer.«

»Mutter«, sagte Emil. »Das Sparbuch …«

Aber sie unterbrach ihn:

»Du bist kein Kind mehr, Emil. Und mit diesem Sparbuch … Jetzt brauchst du mich bald nicht mehr …«

»Hätte ich gewusst …«, sagte Emil.

»Jetzt weißt du«, sagte die Mutter.

Emil nickte.

»Mein Vater …«, sagte er. »Der hat es gut gemeint …!«

»Trotzdem weiß ich nicht, ob ich ihm verzeihen kann.«

»Und mir?«, fragte Emil.

»Dir?«

»Ja!«

»Kannst du mir verzeihen?«

Emil stand aufrecht vor ihr.

Schaute seine Mutter an, sah diese Frau an, die Elise hieß.

Er dachte:

Vielleicht ist es wahr, dass ich dich nicht mehr brauche.

»Weiß überhaupt nicht, was ich noch schaffe, Emil.«

Und er dachte:

Oder bist du es, die mich nicht mehr braucht?

»Vielleicht sollten wir weg von allem, alle beide. Emil. Weg von allem, was uns an unsre Vergangenheit erinnert. An einem anderen Ort neu anfangen.«

Emil dachte:

Ist es denn möglich, einander nicht mehr zu brauchen?

Erst sah Emil nur ihren Hinterkopf. Der Stuhlrücken war hoch, er reichte ganz bis zu ihrem Nacken hinauf. Sie hatte ihre Haare zu einem Pferdeschwanz gebunden. Sie bewegte den Kopf und der Pferdeschwanz wippte, winkte ihm gleichsam zu.

Niemanden kleidete ein Pferdeschwanz so gut wie Laila, fand Emil.

Sie hatte nicht gehört, dass Emil und Doktor Freud das Café betraten. Obwohl die Türglocke noch leise bimmelte, drehte sie sich nicht um.

Emil blieb einen Augenblick in der Türöffnung stehen, sah sie an und lächelte ihr zu, obwohl sie es nicht sah.

Er trat ein paar Schritte näher an sie heran. Er fürchtete fast, sie zu stören oder sie aus den Augen zu verlieren, wenn er zu forsch war.

Doktor Freud ging gleich zur Theke. Emil achtete nicht darauf, was er kaufte. Er brauchte selbst eigentlich nichts. Ihm war es genug, Laila wieder sehen zu dürfen.

Ihr Pferdeschwanz winkte immer noch und lockte ihn näher heran. Emil stand schon so nahe bei ihr, dass er ihren Namen hätte flüstern können, und sie hätte es deutlich gehört. Aber noch wollte er sich nur über ihren winkenden Pferdeschwanz freuen.

Laila drehte sich unerwartet schnell um.

Der Pferdeschwanz flog zur Seite und Emil sah ihr direkt ins Gesicht. Lailas Gesicht explodierte in einem strahlenden Lächeln, als sie entdeckte, wer da unmittelbar hinter ihr stand.

Sie erhob sich und nahm ihn in die Arme.

»Hallo, Emil!«, sagte sie singend und es hörte sich wie der Anfang eines kecken Liedchens an.

»Hallo, Laila!«, brachte Emil heraus und lächelte das breiteste Lächeln, das er zustande bringen konnte.

Sie zog ihn fest an sich.

Er fühlte ihre Haare, die ihn so wunderbar an Wange und Hals kitzelten. Er roch sie, dieses Mädel, das ihn mit dem ganzen Körper umfing, ohne sich darum zu kümmern, dass sie hier in einem Café waren und dass alle Leute sie sehen konnten.

Da fühlte er etwas am Bauch.

Es war eine Kugel.

Groß wie ein Fußball.

Es war ein voll aufgeblasener Ballon.

Er schob Laila vorsichtig weg, sah ihr Gesicht wieder deutlich, sah Nase, Mund, Hals und musste sehen, was er gefühlt hatte:

Ihren großen Bauch.

Er war vom Kleid verdeckt, aber ein Irrtum war nicht möglich.

»Laila!«, rief er aus. »Ist das …? Bist du …?«

Laila musste über ihn lachen:

»Hast du noch nie eine schwangere Frau gesehen?«

Emil stotterte:

»F..f..Frauen v..v..viel…leicht … aber …«

Doktor Freud kam mit einem Tablett anbalanciert, auf dem drei Kuchenstücke, zwei Limoflaschen und ein Glas Milch standen. Er setzte das Tablett ab, sah Emil neugierig lächelnd an, der die Augen nicht von Lailas Bauch lösen konnte.

»Ich habe es für besser gehalten, sie sagt es dir selbst, Emil«, lachte er. »Habe irgendwie nicht gewusst, wie ich es ausdrücken soll. Dass sie guter Hoffnung ist.«

»Guter Hoff …?«, sprudelte Emil hervor.

»Es hätte schlimmer kommen können«, sagte Laila noch immer mit einem Lächeln.

»Wieso … schlimmer …?«, wollte Emil wissen.

»Das ist kein Weltuntergang«, kam es von Doktor Freud.

»Es gibt keinen Weg zurück. Gemacht ist Gemacht.«

»Gemacht …?«, sagte Emil und fühlte, wie er rot wurde. Sein Blick löste sich von Lailas Bauch. Konnte schließlich nicht mitten in einem Café mit vielen fremden Menschen stehen und so glotzen.

Er sah das Grinsen um Doktor Freuds Mund. Spürte, dass ihm selbst der Bauch weh zu tun anfing, und wenn er sich getraut hätte, er hätte Freud eine gelangt. Ihm dieses Grinsen so versalzen, dass er es tagelang gespürt hätte.

Hatte das Deutschenbalg Doktor Freud, der Hurensohn, Laila auf diese Weise geholfen?

»Möchtest du dich nicht setzen, Emil?«, sagte Laila, als sie sich selbst schwerfällig auf ihren Stuhl setzte, den Rücken ordentlich abstützte und beide Hände auf den dicken Bauch legte.

»Nein!«, sagte Emil schroff.

Auch Doktor Freud setzte sich, nahm die Gläser, die Flaschen und Teller vom Tablett und legte die Servietten ordentlich daneben.

»Greif bitte zu, Emil!«, sagte er.

Emil wurde ganz übel.

Doktor Freud saß einfach da, ohne sich zu schämen, genoss es wohl auch noch, dass er ihn mit dem Anblick der armen Laila quälen konnte.

»Setzt dich!«, bat Laila noch einmal.

»Nein!«, sagte Emil bestimmt. Er zeigte auf Doktor Freud. »Nicht, so lange der auch dabei ist!«

Doktor Freud sah ihn überrascht an und brach in Lachen aus:

»Du liebe Zeit, Emil! Du wirst doch nicht glauben, dass …«

Auch Laila fing zu lachen an, als wäre das ein geradezu lächerlicher Gedanke.

»Du denkst doch nicht, dass es Doktor Freud war, der …«

»Ich denke, was ich denke«, sagte Emil.

Laila machte einen Versuch ernst zu werden:

»Emil! Er ist nicht der Vater des Kindes!«

Doktor Freud war ganz ernst, als er sagte:

»Wenn ich wüsste, wer es ist, ich würde ihm die Fresse einschlagen!«

Emil sank auf den Stuhl nieder, griff nach der Flasche. Hatte keine Zeit, etwas ins Glas zu gießen, obwohl das hier ein Café war.

»Es wird ein richtiges Sommerkind«, sagte Laila. Sie wollte vermutlich über etwas anderes sprechen als über Kindesväter. »Nur noch wenige Wochen, dann …«

Sie klopfte sich leicht auf den Bauch.

»Ich bin schon neugierig, wie das ist«, fuhr sie fort. »Mutter sein … Mama …«

Doktor Freud wollte nicht klein beigeben:

»Es ist nicht gut für das Kind, wenn es nicht weiß, wer sein Vater ist! Jeder Mensch muss seine Wurzeln kennen.«

»Scheißmoral!«, antwortete Laila und rümpfte ärgerlich die Nase.

Es fuhr Emil heraus:

»Mal langsam!«

Er zeigte auf ihren Bauch.

»Nicht solche Wörter, wenn du ein Kind im Bauch hast!«

Doktor Freud nickte zustimmend.

Aber Laila wurde nur noch ärgerlicher.

»Kein Mensch wird erfahren, wer der Vater ist. Er weiß es nicht einmal selbst. Und ihr braucht gar nicht zu tüfteln, wer es ist. Keiner von euch kennt ihn.«

»Sie haben gesagt, ich darf das Kind behalten«, sagte Laila. »Ich kann mein Kind doch nicht weggeben, oder?«

Emil schüttelte den Kopf.

»Nein, doch nicht einfach weggeben ...«

»Vergiss nicht, dass du selbst noch fast ein Kind bist«, sagte Doktor Freud und hörte sich beinah wie ein Erwachsener an. »Das ist keine neue Puppe, was du da kriegst.«

Emil nickte ihm zu, um zu zeigen, dass er ziemlich einer Meinung mit ihm war.

Laila ließ sich nicht überzeugen.

»Scheißmoral!«, sagte sie noch einmal, lächelte und fügte ein *Entschuldige* für Emil hinzu. »Weißt du, Doktor Freud ist so furzvornehm geworden. Früher hat er nie so geredet. Er liest zu viele Bücher.«

»Die Bücher sind meine Freunde, obwohl sie mir den Rücken zukehren, Emil«, kam es scharf von Doktor Freud.

»Bücher sind gefährlich, Emil! Sie können dir in den Kopf steigen.«

Emil fühlte sich nicht mehr wohl. Fürchtete, Laila und Doktor Freud könnten zu streiten anfangen.

»Mir wird es erstklassig gehen«, fuhr Laila fort. »Ich und das Kind werden es gut haben. Wir kommen in ein Heim.«

»Ein Heim!«, wiederholte Emil und merkte, dass erneut Unruhe in ihm aufkam.

»Ja«, sagte Doktor Freud. »In *so* ein Heim.«

Wieder verkrampfte sich Emils Magen. Er konnte Doktor Freud nicht ansehen, als er fragte:

»Wird Doktor Freud auch in diesem Heim wohnen?«

Emil begriff nicht, was er da Ulkiges gesagt hatte, denn Laila und Doktor Freud fingen beide zu lachen an.

»In dieses Heim darf kein einziger Mann seinen Fuß setzen«, sagte Laila.

»Die Mädels dort sind einmal zu viel mit einem Mann zusammen gewesen!«, lachte Freud.

Emil lachte nicht, aber er lächelte erleichtert.

»Es ist ein Heim für solche wie mich«, sagte Laila. »Für Mädchen, die hoffnungslos in ihr Unglück gerannt sind.«

»Guter Hoffnung«, berichtigte Doktor Freud.

»Weißt du, wie's meiner Mutter geht? Ganz wirklich, meine ich«, fragte Laila, als Doktor Freud noch einmal zur Theke gegangen war, um noch etwas zu trinken zu holen.

»Sie ist krank, glaube ich.«

»Ich muss oft an sie denken, Emil. Ich denke, wie gut es gewesen wäre ... jetzt ... und auch später ... wenn das Kind da ist ...«

»Randi hat Sehnsucht nach dir, Laila. Sie sagt es nicht, aber ich weiß es. Dass sie krank ist vor Sehnsucht nach dir.«

»Auch wenn sie nicht die beste Mutter der Welt ist, hat sie einen guten Kern. Ich vermisse sie. Teufel nochmal! Schließlich ist sie meine Mutter.«

»Vielleicht könntest du ihr helfen, Laila! Sie trösten, damit sie wieder gesund wird.«

»Emil! Es ist nicht sicher, jedenfalls noch nicht ganz sicher, dass ich das Kind behalten darf. Sie wollen abwarten, haben sie gesagt. Wollen sehen, wie ich mich aufführe ... Aber ich habe versprochen ... mir und anderen ... dass ich mich ordentlich aufführen werde ... Will eine Mutter werden, die in Ordnung ist ... Und da kann ich nicht zu ihr gehen ... Nicht jetzt, wo es bei ihr ist, wie es ist ... Da muss ich einfach klar sehen ... Ich muss ihr den Rücken kehren, obwohl sie meine Mutter ist ... Verdammt ...! Ich muss auch mit dem Fluchen aufhören, Emil. Aber es ist gar nicht so leicht ... Ich muss tun, als wäre sie nicht meine Mutter.«

»Keiner kann sich seine Eltern aussuchen«, sagte Doktor Freud, der zum Tisch zurückgekommen war und jetzt ein Glas Milch vor Laila hinstellte.

»Ich habe einen Job gekriegt«, sagte er zu Emil.

»Wo denn?«

»Auf dem Meer.«

»Welchem Meer?«

»Den sieben Meeren.«

»Den sieben …?«

»Wo die Wellen hoch wie Wolkenkratzer sind.«

»So weit?«

»Vielleicht noch weiter.«

»Davon habe ich immer geträumt.«

»Du kannst mitkommen, wenn du willst, Emil.«

»Glaub ich nicht.«

»Es ist genug Platz auf diesem Schiff.«

»Hör ihm nicht zu, Emil! Der lügt.«

»Es ist wahr, dass ich zur See gehe. Und es ist wahr, dass es Platz …«

»Er wird zur See *geschickt*, Emil! Weil niemand mit ihm fertig wird … Er konnte es sich selbst aussuchen … Entweder wegziehen … Auf ein Schiff … Von Seeleuten in Obhut genommen zu werden … Selbst ein ordentlicher Mann zu werden … Oder im Gefängnis zu landen.«

»Nicht grade im Gefängnis!«

»Klar ist es ein Gefängnis! Ein Heim für solche wie ihn. Eine Insel, von der zu fliehen unmöglich ist. Er muss dort solange bleiben, wie *die* wollen. Die lassen ihn erst frei, wenn sie ihn fertig gemacht haben. Ich kenne etliche, die dort gewesen sind und weiß, wie's zugeht.«

»Hör nicht auf sie, Emil!«

»Er ist dort abgehauen, wo wir waren, Emil! Er war lange weg. Überall ist nach ihm gefahndet worden … Und eines Tages ist er erwischt worden … Diebstahl … In einem Laden … Pfui Teufel …«

»Halt's Maul, Laila!«

Doktor Freud schrie so laut, dass sich im Café alle Leute nach ihnen umdrehten.

Während die beiden sprachen, hatte Emil von einem zum andern gesehen, doch dann war sein Blick an Doktor Freud hängen geblieben.

»Diebstahl?«, fragte er und merkte, dass seine Hand mit der Brauseflasche zu zittern anfing.

»Artischockenböden«, kam es leise von Doktor Freud. »Frische, keine in der Dose«, fügte er hinzu.

Es wurde still am Caféhaustisch.

Laila schloss die Augen. Es sah aus, als brauche sie Ruhe.

Emil und Doktor Freud starrten ihre Teller an und stocherten beide in ihrem Kuchen herum.

»Emil«, flüsterte Doktor Freud nach einer Weile.

»Ja?«, flüsterte Emil, begriff, dass sie Laila nicht stören durften.

»Du musst nicht alles glauben, was sie sagt, Emil.«

»Weiß nicht, wem ich glauben soll.«

»Ihr braucht nicht so leise zu sprechen«, kam es von Laila. »Ich höre ja doch, was ihr sagt.«

Dann schwiegen sie wieder.

Sie schlenderten gemächlich die Straße entlang. Viel zu langsam, fand Emil, und doch war es für Laila zu schnell. Sie schaukelte hinter ihnen her, rief öfter:

»Wartet auf mich!«

Emil und Doktor Freud taten, was sie wollte, warteten, bis Laila sie wieder eingeholt hatte. Aber schon bald war der Abstand zwischen ihnen wieder gleich groß wie vorher.

Es war warm und nur wenige Menschen spazierten durch die Straßen der Stadt. Manche waren schon in ihre Sommerhäuschen auf Nesodden, am Bunnefjord oder oben im Nittedal gezogen. Diejenigen, die keine eigene Sommerwohnung hatten, waren an den Ingegierdstrand oder in die Paradiesbucht gefahren, um die Nachmittagssonne zu genießen und sich vom Alltag in der Stadt wegzuträumen.

»Ist es wahr, dass du wegfahren willst?'«, fragte Emil. Er fühlte, wie der Neid an ihm fraß.

Sie waren zu einem Park gekommen, von dem aus man die ganze Stadt überblicken konnte. Während sie warteten, bis Laila sich die letzten Steigungen heraufgeschleppt hatte, blieben sie stehen und schauten auf den Fjord hinunter. Er glänzte wie der große Topf voll Gold und Silber, von dem im Märchen erzählt wird.

»Ich muss weg«, antwortete Doktor Freud.

»Gehst du nicht freiwillig?«, wollte Emil wissen.

Doktor Freud gab keine Antwort. Er blickte nur aufs Meer hinaus. Die Sonne blendete ihn und er schirmte die Augen mit der Hand ab.

Laila rief nach ihnen.

Sie hatte sich weiter unten auf eine Bank gesetzt, gab ihnen zu verstehen, dass sie es nicht bis ganz hinauf schaffte.

»Emil«, sagte Doktor Freud schließlich. »Sie haben mir wieder alles weggenommen, was ich besitze. Sie haben mir alles weggenommen, was sie in dem Zuhause gefunden haben, das ich mir in diesem Keller selbst geschaffen hatte. Sie haben geglaubt, ich habe das alles gestohlen.«

»Geglaubt …?«

Emil sah ihn an. Wollte mit weiteren Fragen warten, bis Doktor Freud sich ihm zuwenden würde. Er wollte, dass sie einander beim Sprechen in die Augen sehen konnten.

Doktor Freud schien vom Anblick des Fjords nicht genug zu bekommen. Emil wurde ungeduldig, bewegte sich nervös, um den andern zu stören, ihn abzulenken. Doch schließlich sagte er einfach:

»Aber es ist doch wahr, dass du gestohlen hast!«

Er trat von einem Fuß auf den andern und es entstand eine kleine Staubwolke auf dem Kiesweg.

Da hob Doktor Freud die Arme, streckte sie, bewegte sie langsam, als wäre er wieder ein Dirigent und die Stadt unter ihm wäre sein Orchester.

Emil sah, wie er die Lippen bewegte, als wiederhole er Töne, die in seinem Kopf vorhanden waren.

Dann sagte er:

»Wagner! Ich habe die Platten nicht gestohlen. Ich habe das Geld dafür lange zusammengespart. Aber …«

Schnell ließ er die Arme sinken, stand steif da, als wäre alle Musik der Welt vergangen. Er sagte:

»Sie haben mir auch die Platten weggenommen.«

Er setzte sich ins Gras, den Rücken der Stadt und der Aussicht zugekehrt.

Emil setzte sich an seine Seite.

»Nein«, sagte Doktor Freud. »Es ist nicht wahr, dass ich gestohlen habe.

Emil schaute zu Laila hinunter. Sie hatte sich den Rocksaum über die Knie gezogen, saß mit geschlossenen Augen da, das Gesicht der Sonne zugewandt. Emil musste lächeln, als er sie so sitzen sah. Er fand, es sah aus wie ein schönes Gemälde und er hätte sich gewünscht, sie so zeichnen zu können, wie sie unter den grünen Bäumen auf der Bank saß.

»Alles hat mir gehört«, sagte Doktor Freud.

Emil hatte ihm wohl nicht richtig zugehört. Jedenfalls begriff er die Worte nicht:

»Aber du hast doch gesagt, dass du gestohlen hast!«

»Nein! Ich habe mir nur zurückgeholt, was mir gehört«, sagte Doktor Freud.

Immer noch unmöglich zu verstehen.

»Andere haben mir etwas gestohlen!«

Emil hörte Trotz in dieser Stimme.

Und der Trotz wurde zum Zorn, als Freud fortfuhr:

»Sie haben mir mein Leben gestohlen, Emil! Mein eigenes Leben! Hörst du? Sie haben mir meine Kinderjahre gestohlen. All die Jahre, in denen ich in die Schule ging. Sie haben mich beiseite geschoben. Haben mir einen Platz außerhalb der Gemeinschaft zugewiesen. Ich sollte ein Mensch sein, den es nicht gab.

Aber meine Träume, Emil, die hat mir keiner wegnehmen können.

Auch den Verstand nicht. Den habe ich bis heute behalten und ich habe gelernt, ihn zu gebrauchen.

Meine Bücher!

Es waren meine eigenen Bücher. Wenn ich mir Bücher aus der Bibliothek holte, habe ich sie einfach behalten. Ich gebrauchte meinen gesunden Menschenverstand.

Wie hätte ich sonst all das lernen sollen, was sie mir nicht beibringen wollten?«

Doktor Freud wandte sich wieder dem Fjord zu.

Emil blieb sitzen, den Rücken ihm zugekehrt; dadurch sagte es sich leichter:

»Ich will auch mein eigenes Leben haben.«

»Wozu willst du es verwenden?«, hörte er Doktor Freud hinter sich fragen.

»Um hier wegzukommen«, antwortete er.

Doktor Freud lehnte sich zurück, stieß an Emils Rücken.

Emil lehnte sich auch ein wenig zurück und fand guten Halt an Doktor Freud.

»Weg von wem?«, fragte Doktor Freud.

»Ich weiß nicht, von welchem Vater ich weg soll«, sagte Doktor Freud. »Erst muss ich wissen, wer er ist. Dann kann ich wissen, wer ich selbst bin ... Mein Vater war dabei, als der Krieg verloren wurde und trotzdem ...«

»Mein Vater war dabei, als der Krieg gewonnen wurde und trotzdem ...«

»Für dich und mich ist die Welt nie ein Kinderzimmer gewesen.«

Emil musste lächeln.

Doktor Freud sprach, wie er es immer getan hatte, wie direkt aus einem Buch.

»Wo hast du das gelesen?«, fragte Emil.

»In einem der Bücher von Doktor Freud«, bekam er zur Antwort.

»Doktor Freud?«

»Dem *richtigen* Doktor Freud.«

Als hätten sie es abgesprochen, drehten sie sich gleichzeitig um und saßen nun einander gegenüber.

»Und wie heißt du wirklich?«, fragte Emil.

»Sigmund.«

»Das ist ein deutscher Name.«

»Drum nenne ich mich Sigurd, wenn andere dabei sind.«

»Für mich wirst du immer Doktor Freud bleiben«, sage Emil. »Mein Doktor Freud. Wahrscheinlich brauche ich so einen.«

»Aber tatsächlich hieß der richtige Doktor Freud auch Sigmund.«

Emil wusste nicht, ob er ihm glauben sollte:

»Hast du ihn getroffen?«

»Er ist vor meiner Geburt gestorben.«

Laila deutete auf ihren Bauch, als Emil und Doktor Freud zu ihr herunterkamen.

Sie lachte übers ganze Gesicht.

Aber sie sprach leise, um das alles nicht zu stören:

»Jetzt strampelt es! Mein Kind strampelt!«

Doktor Freud flüsterte:

»Man kann's sogar von außen sehen!«

Auch Emil sah, wie Lailas großer Bauch Wellen schlug.

»Fühl mal!«, sagte sie. »Ihr müsst das unbedingt fühlen!«

Doktor Freud zögerte nicht. Er legte ihr die Hand auf den Bauch, als hätte er es schon viele Male getan.

»Du musst auch fühlen, Emil!«, bat Laila. »Du musst dieses Kind doch auch kennen lernen.«

Emil schaute sich um, genierte sich ein bisschen. Zum ersten Mal sollte er ein Kind in einem Mutterleib fühlen und wollte nicht, dass andere, völlig fremde Menschen, es sähen.

Und behutsam legte er die Hand auf Lailas Bauch, viel sorgsamer als Doktor Freud das getan hatte. Es sah aus, als hielte er diesen Bauch für einen zerbrechlichen Glasballon, der jederzeit platzen könnte, wenn man sich nicht in Acht nahm.

Er fühlte die Bewegungen. Es war, als hielte sich ein Stück Meer dort drinnen verborgen.

»Und so ein Kind soll nicht anerkannt werden«, kam es von Doktor Freud, aber er lächelte, als er es sagte.

»So ein nicht anerkanntes Kind war ich auch«, sage Emil und konnte auch darüber lächeln.

»Ich bin hier die Einzige, die das nicht war«, sagte Laila und meinte wohl, den allermeisten Grund zum Lächeln zu haben.

Emil fühlte kleine Stöße an seiner Hand, lustige Tritte, die erzählten, dass es da drin nun bald zu eng werden würde. Bald war es an der Zeit, ans Licht zu kommen.

Hier könnte diese Geschichte enden und es wäre ein schöner Schluss gewesen:

Junge Menschen in einem Park an einem schönen Sommertag, drei lächelnde junge Menschen, die ein neues Leben willkommen heißen wollen, drei Menschen, die begreifen, dass jedes neue Leben neue Hoffnung gibt.

Und doch endet die Geschichte nicht hier.

Es muss auch berichtet werden, was den Dreien in den allerletzten Tagen des Juni 1958 widerfuhr.

Samstag 28.

Die Tür stand offen und Elise ging sofort hinein. Die Wohnung war fast leer. Die meisten Möbel waren verschwunden.

Trotzdem war ein Mensch schwer zu entdecken.

Es war stockfinster in den Zimmern.

Obwohl es ein warmer Tag war, waren alle Fenster geschlossen und die Gardinen zugezogen.

Sie saß in der hintersten Ecke des Schlafzimmers.

Saß im Unterrock da, der über die Brust heruntergerutscht war.

In ihren Armen lag ein kleines Kind, ein Baby, das nach ihren Brüsten suchte.

Elise ging leise aus dem Zimmer, flüsterte den Leuten, die sich vor der Tür im Treppenhaus versammelt hatten, zu:

»Es ist nichts passiert. Ich werde ihr das Kind abnehmen.«

Ebenso leise wie sie herausgekommen war, ging sie wieder in die Wohnung. Zog die Schuhe aus, um keine unnötigen Geräusche zu machen, ging auf Zehenspitzen zu der Frau und dem Kind, kauerte sich neben ihr nieder.

Flüsterte leise und fürsorglich, aber doch freundlich und Vertrauen weckend:

»Randi …?«

Randi schaute sie an, musste sie sehen, aber ihr Blick blieb unstet.

Elise machte ihr ein Zeichen, eine kleine Andeutung, dass auch sie das Kind einmal in den Arm nehmen wolle.

Randi zog es nur noch fester an sich.

Sie lächelte, lächelte aber niemanden an. Lächelte einfach so vor sich hin.

Sie sprach, sprach aber zu niemandem, es waren nur unzusammenhängende Worte:

»Ist sie nicht süß …! Mein winziges Mädelchen …!«

»Natürlich ist das Mädelchen süß … Aber es ist nicht dein Kind …«

Randi hörte es wohl, verstand aber den Sinn der Worte nicht.

Sogleich sagte sie lächelnd:

»Laila ist zu mir zurückgekommen …«

»Laila hat es gut dort, wo sie ist«, sagte Elise.

» … Jetzt können wir wieder neu anfangen …«

»Laila ist mit ihrem eigenen Kind beisammen, Randi …«

» … Die kleine Laila und ich können ganz neu anfangen.«

Sie wusste, dass es sinnlos war, trotzdem sagte Elise:

»Du hast dieses Kind von irgendwo mitgenommen, Randi … aus einem Kinderwagen unten auf der Straße.«

Randi sprach einfach lächelnd weiter:

»Laila ist immer noch so hübsch, wie sie immer war … mein kleines Mädchen.«

In etwas strengerem Ton sagte Elise:

»Du kannst mir doch nicht abschlagen, dass ich dein Baby mal in den Arm nehme, oder?«

Randis Lächeln verschwand:

»Laila gehört mir … aber wenn du mir versprichst, dass du sie nicht wieder wegschickst …«

»Ich verspreche …«

» …versprichst, dass sie wiederkommt.«

»Das verspreche ich …«

»Mit einem neuen Lächeln und einem kleinen Nicken gab Randi das Baby her:

»Du darfst sie halten, weil ich weiß, dass du immer Wort hältst.«

Und Elise hielt das winzige Baby nun selbst im Arm.

Die Stille im Raum schlug um in Verwirrung.

Rufe. Schreie. Kommandos.

Das Zimmer füllte sich mit Menschen.

In diesem Durcheinander bahnte Elise sich einen Weg zu einer Frau mit leeren Händen und übergab ihr das Kind.

»Dem Kleinen ist nichts passiert. Es war die ganze Zeit in guten Händen.«

Sie zwängte sich wieder zu Randi durch, zog ihr den Unterrock ordentlich hoch, sie saß nun nicht mehr mit entblößten Brüsten da. Half ihr auf die Beine, stützte sie.

»Ich bleibe bei ihr«, sagte sie.

Sonntag 29.

Als das Schiff an diesem Abend die Halbinsel Bygdö passierte, standen zwei Schiffsjungen an Deck.

»Hältst du nach etwas Bestimmtem Ausschau?«, fragte Doktor Freud.

»Ich halte nach nichts Ausschau. Ich horche nur«, antwortete Emil.

»Was hörst du?«

»Hätte so gern die Musik gehört.«

»Was für eine Musik gibt es denn hier draußen im Fjord?«

»Die Melodie des Meermanns.«

»Die habe ich noch nie gehört«, sagte Doktor Freud.

»Man kann sie bei diesem Schiffslärm wohl auch nicht hören«, sagte Emil.

Es war ein altes Schiff, längst nicht so groß wie die Schiffe, von denen Emil seinerzeit geträumt hatte, als er auf den Felsen gesessen und über den Fjord hinausgeblickt hatte. Aber es schwamm, wie Schiffe das tun sollen, und der Bug pflügte sich den Weg zu dem Meer, nach dem Emil sich immer gesehnt hatte, durch die Wellen.

»Kombüsenjunge«, sagte Emil. »Bevor wir noch zurück sind, werde ich so fett sein wie der Smutje.«

»Zurück!«, sagte Doktor Freud. »Das Wort will ich in diesem Moment nicht hören!«

Emil spähte zum Land und hinüber zu dem meist menschenleeren Strand, den er so gut kannte. Sah, dass dort jetzt viele Menschen waren. Sie leuchteten den Waldrand mit Laternen ab. Sah auch ein Lagerfeuer. Hörte Hunde bellen. Menschen hatten sein altes Revier übernommen.

Er gönnte es ihnen.

Konnte Bygdö jetzt den Rücken kehren.

Sah, dass das Wasser leuchtete.

»Glühwürmchen!«, sagte er.

Das Wasser glitzerte, als hätte jemand Silberstaub hineingestreut.

»Das ist Elmsfeuer«, sagte Doktor Freud.

Emil wollte nicht wissen, was Elmsfeuer war.

»Wann kommen wir aufs Meer?«, fragte er.

»Da wirst du längst in deiner Koje schlafen«, antwortete Doktor Freud.

Emil beschloss, nicht schlafend hinaus aufs offene Meer zu kommen. Er wollte im Bug des Schiffes stehen und sich an dieser ersten Begegnung erfreuen.

»Vielleicht sehe ich meinen Vater, wenn wir nach Deutschland kommen«, sagte Doktor Freud.

»Es gibt gewaltig viele Männer in Deutschland. Und wir kommen nur bis Bremen. Du kannst gar nicht wissen, wer dein Vater ist«, sagte Emil.

»Ich werde es spüren, wenn ich auf der Straße neben ihm hergehe«, sagte Doktor Freud.«

Und mein Vater?

Dachte Emil.

Montag 30.

Es stand in allen Zeitungen.

Dass eine Person, ein Mann, am Sonntagabend draußen auf Bygdö tot aufgefunden worden war. Der Tote war durch Zufall von Spaziergängern gefunden worden, die mit ihren Hunden unterwegs waren. Sie hatten gerade ein Lagerfeuer angezündet, als die Hunde den unheimlichen Fund meldeten.

Es war zu lesen, dass es keinen Grund gebe, eine kriminelle Handlung zu vermuten, und die Polizei arbeite daran, den Mann zu identifizieren.